地文誌

追憶香港地方與文學

陳智德

序一

我看陳滅的「我城景物略」

陳國球（香港教育學院人文學院院長兼中國文學講座教授）

誰是陳滅？

很多年前，故人影印《信報》一篇專欄文章給我看，還笑著臉，說：「是你的仇人寫的吧？」文章作者是「陳滅」，內容是評論我和朋友合編的一本書。故人的言說方式，是文人的，迷信文字有其魔力；也是庶民的，一切行為以實用為尚，不作無謂之事。

我回說：「你沒有看到『滅』字的『火』嗎？」

我這個解釋，當然不合字源之學；可是，我看到的，確是陳滅不滅的火，那「抗世」的火。後來看到更多陳滅的詩與詩話。

後來認識了嶺南大學的博士陳智德。看到智德在研討會宣讀論文，解說香港文學歷史，編集香港的詩與詩論；從他說話的節奏、語調，的確是唯智尚德。

在香港，如果對文學還未絕望，大概有賴心中的一團火。在香港，如果要提倡文學，還是需要智慧、需要具備「足乎己而無待於外」的意志。

讀《地文誌》，我既看到陳滅，也看到陳智德：「歷史不容竄改？歷史一向被現實竄改，還有生命、故事、文學、香港或什麼都可以……。」「音樂是一種美，搖滾教我們看穿假象。假象不美，假象令人作嘔生厭，但有時竟和美融合，這是悲哀的。……」「由一九九七年起，香港的時鐘開始撥快，各種事物加速消逝，彼此的距離愈行愈遠……。」

讀《地文誌》，我看到我城我民的前世今生。

我的父母長輩，經歷戰火亂離、時代興廢，別去南中國的故土，只帶來「休洗紅」的文化記憶；同鄉聚居，他們營造了香港又一個互相取暖的「半下流社會」，無效地抗衡城市經濟與一切的聲光化電；父親手握一管充滿鄉音濃情的筆，心中有一面虛幻的旗。這許多的精神史，以超簡式的書寫，呈現為《地文誌》。

打開《地文誌》，還見到我的童年往事、我的青葱歲月，灑落在九龍半島的西岸。「芒角」是我的「好望角」；爸爸跟小時候的我說：不要怕迷路，只要你記得彌敦道，你一定可以回到旺角西陲，你的家。像同時代的小孩、少年，我們還有一個可以歷險成長的實景空間；書，還是可以手捧揭頁的。花近高樓，登樓訪書可以望盡天涯；由彌敦道的「港明」，花園街的「寰球」，洗衣街的「新亞」、「南山」，西洋菜街的「田園」，到奶路臣街的「學津」、「學峰」、「文星」……記憶中就是不歇之數；最有象徵意義的，莫如回轉地下，離棺材店不遠的「廣華」，店內灰塵撲面，盈眼是朦朧書影。

如斯種種，感盪心靈；《地文誌》對於一輩香港人如我，弦動共鳴自是縈迴不盡。

然而，《地文誌》不止於傷逝的金鍼指南。智德寫《地文誌》，寄心乎晚明的《帝京景物略》。

方逢年序《帝京略》說：「燕不可無書，而難為書。……燕難為書，燕不可無書也。」

一個城市的故事，真的這麼難說？

方逢年又說：「其言文，其旨隱；其取類廣以僻，其篇幅無苟畔。其刻畫也，景若里之新豐，雞犬可識也；物若偃師之偶，歌舞調笑，人可與娛，可與怒也。……爰有于子奕正采厥事，周子損采厥詩，以佐劉生之筆華墨瀋。」

「里之新豐」，甚或「偃師之偶」，已不必再贅。「采事采詩」，「以佐筆華墨瀋」，直是《地文誌》的書目提要。時而智德采事，時而陳滅采詩：「時流洗淨鉛華，九龍城只暗自追懷，不肯在人前話舊，我們都理解，它藏著半島最幽隱的歷史記號，……待得雙燕歸來，也未必願意記起。」「似聽得樓臺夜語，不想早歸宿處，半途停駐／漫回頭空見海角寂靜，極目寄予船燈，早發航程／……整個世界都在飄移，在你佇立的山崗，圍繞面前／是風吹旗動，還僅是滿室茶煙，逸出裊裊的記憶？」「我從鐵閘縫隙往內望，書店像一隻大蛀牙，地面隱約有零散殘留的書籍，已完全被塵埃覆蓋。這家書店和它的灰塵，歷經流轉與幻變，終於合而為一。」

「其言文」不是最重要，當然不是不重要；「其旨隱」才是《地文誌》之「誌」的意蘊所在。智德說：「我們的文學，我們的歷史，以至由土地化生的願望、情志，本歸於更超越的共同。」這大概就是仲尼之言：「其義則丘竊取之矣」。

康熙二十三年，《帝京景物略》面世後五十年，鄉試又一次名落孫山的蒲松齡偶然遇上這本書，不勝欣喜。對於其間的書寫，蒲松齡是這樣閱讀的：「昔子昂畫馬，身栩栩然馬；疑先生寫樹，身則梗葉，寫花則便鬚蕊，寫山若水，則又丘壑影、細浪紋也。」這種與生命同在的書寫，也許是「我城景物略」在陳滅的鍵盤中敲打出來的景況。

《地文誌》，也許是「休洗紅」之意；因為，洗多紅在水，洗多紅色淡。

二〇一三年十月二十一日寫於八仙露屏下

序二

破卻陸沉

——陳智德的「抒情考古」書寫

王德威（美國哈佛大學東亞語言及文明系 Edward C. Henderson 講座教授）

香港不是一塊滋潤文學生長的地方，但香港文學卻有靈根自植的能力。多少年來，香港的文人墨客，從侶倫到也斯、從劉以鬯到董啟章、從張愛玲到西西，為他們生長或移駐於斯的土地書寫他們的心影屐痕。筆鋒所至，皆成有情文章。而放大角度，香港本身的歷史與地理從無到有，或璀璨、或滄桑，又何嘗不已經就是一種傳奇，一種文學？

陳智德先生是詩人、學者，也是地道的香港人。他憑著個人對香港文學的熱愛、以及對文學香港的深情，寫出了一本獨特的散文集《地文誌》。這本散文集糅合了不同的文類，地方紀事、掌故拾遺、成長回憶、文學談片，無不引人入勝。述之敘之不足處，又穿插個人及他人的詩作。以此更加凸顯本書作者極具魅力的個人書寫風格。

陳智德娓娓回憶香港啟德機場的升沉，如何與九龍半島、甚至遺民歷史相輔相成；北角的一晌繁華，竟成為三代詩人李育中、馬朗、也斯的生涯註腳；維多利亞公園見證香港半個世紀的政治風雲，以及與作家如辛其氏等的創作起伏。屯門萬丈高樓興起，掩不住原來魑魅虎狼的陰影；調景嶺曾經的風風雨雨，又埋藏多少人的家國心事？

少年陳智德出入港九大街小巷，但讓他駐足最久的地方是書店。這是香港文學最奇特的所在。陋街深處，危樓一角，卻偏偏散發出書香，或更多時候是霉臭，的味道。廣華復興，青文東岸，就在狹仄的空間中、層三疊四的書堆裡，一個文學啟蒙的故事緩緩展開。曾幾何時，少年已經微近中年，那一間間書店已經歇業關門，那灰塵中的風雅只成為少數人的回憶。

在這層意義上，《地文誌》所要從事的是一個人的考古學。陳智德其生也晚，已經錯過香港文學無端興起的那神奇的一刻，而後現代加後社會主義治下的香港，以往人文景觀快速崩毀。他尋尋覓覓，鉤沉訪舊，無非期望在一個時代灰飛煙滅之前，考證、存留一鱗半爪的證據。就像在熙熙攘攘的旺角鬧市地下，誰能想像能發掘出漢代、晉代、唐代文物？在浮光掠影的生活中，想必還有珍貴的文學靜靜等待有緣的讀者：

事物之真象，向為我輩所執著，然詩人筆下之城市，每多流光幻象，唯秉燭探照，終見本真幽隱其內。

陳智德的考古學又是一種抒情考古學，此無他，他考察的對象是文字的因緣，情感的流轉，想像的歸宿。「抒情考古」語出汪曾祺，原用來描述業師沈從文後半生從事工藝美術研究的方法。一九四九年後，沈從文無緣繼續創作，卻在工藝史裡發現了另外一種「創作」的可能，並從中有了深刻體悟。沈在《抽象的抒情》（一九六一）寫道，生命的發展「變化是常態，矛盾是常態，毀滅是常態」，

惟轉化為文字，為形象，為音符，為節奏，可望將生命某一種形式，某一種狀態，凝固下來，形成生命另外一種存在和延續，通過長長的時

間，通過遙遠的空間，讓另外一時一地生存的人，彼此生命流注，無有阻隔。

陳智德也許無從比擬大師所經歷的生命斫喪。但在面對歷史的另一刻僵局時，是否也心有慼慼焉？用陳所敬重的女作家鍾玲玲的話來說，《地文誌》所要追尋記錄的正是「時光中無法摧毀的糊狀物，終於凝固為形狀不一的物質，成為心靈中，易碎的珍愛物」。

《地文誌》的書名或有諧仿《漢書．藝文志》——中國最早藝文經籍的目錄——的意圖。無論如何，陳智德為香港的地景與藝文做出觀察的宏願不容小覷。香港雖然是彈丸之地，然而如陳所言，「『狹窄』與否本不在乎所寫的地方，而在乎執筆者的眼界和文學修為。」誠哉斯言。破卻陸沉，洞昭盲瞽，陳智德的香港抒情考古，可以如是！

前記

我的文學啟蒙不在學校或課本，而是初中時代旺角奶路臣街一帶的路邊書攤，繼而是樓上的書店，仍記得初次讀到一九四八年上海星群版辛笛《手掌集》、一九七五年臺北志文出版社新潮叢書楊牧《瓶中稿》和一九八二年香港素葉版馬博良《焚琴的浪子》三書的情形，盛載真正文藝的書籍那溫婉而堅韌的本質，教我著迷而無從脫離。

辛笛〈夏夜的和平〉一詩這樣寫上海：「最後一列電車回廠了／都市心臟停止它不自然的抽搐」，楊牧〈瓶中稿〉有這樣的名句：「但知每一片波浪／都從花蓮開始」，馬博良〈北角之夜〉這樣寫香港的北角：「最後一列的電車落寞地駛過後／遠遠交叉路口的小紅燈熄了」；三首詩談的都是作者自己的本土經驗，正給時屆初中年紀的我以莫大的震動和啟發。

由那時開始，我矢志從事文學，不覺流連至今。從古典到現代，從中華到香港，無論走到何處，都離不開腳踏的土地。本土經驗本就是我們的成長以至更大範圍下的共同體社會經驗，我們生活其中，也愈發認清我與非我的真幻；是以書寫本土絕不等同歌頌本土，本土也有許多負面事物，教我們疾首，我們有時也嚮往遙遠的他方、願意承接更古老的傳統、參與更宏大的整體世界，但知每一個出發點，不都由當下腳踏的土地開始。

二〇一二年，我有幸獲選為參加美國愛荷華大學國際寫作計畫的香港作家，八月底出發赴美，參與為期兩個半月的計畫，與國際作家交流之餘，我把握近幾年難得的空閒，起草構思多時的《地文誌》系列寫作，本書大部分文章的初稿，都在愛荷華完成。除了珍貴的閒暇，也認識到國際作家層次不同的本土關懷，讓我再思本土經驗的普世共性。十一月中回港後，以僅有的工餘時間修訂內容、補充資料，再加入若干增補過內容的舊文，耗時多月始得完書。

本書以散文形式撰寫，結合香港文學的地方書寫、歷史掌故和我個人的地方生活體驗，穿插他人及我個人的相關文學片段，節錄的文字有新詩也有舊詩，有散文也有小說的片段，由此引申出相應的評論性文字，但不同於學術評論，主要用以結合我個人的地方生活體驗，互為闡發，也嘗試讓散文與自己的詩作融合，有時，散文部分成了詩的載體，有時是詩作為文意未盡的延伸。本書追跡地方性的文學故事，建構基於本土文化認同的情志和關懷，這樣的散文創作，用現有的術語來說，或可歸入一種「地誌書寫」，但應該不完全等同，我姑且暫稱為一種「地文誌體」。

我知道許多人視「本土」——尤其是「香港的本土」為一種「狹窄」的題材，我不想在這裡申辯，只想說，香港一地，無論感覺多狹窄，從文學的角度，與地球每寸土地、每個城市都是平等的。我時常自警於本土之可能褊狹和自我封閉，然而「狹窄」與否本不在乎所寫的地方，而在乎執筆者的眼界和文學修為。如果本書最終也淪入「狹窄」之議，責任在我力有不逮，與香港無干。

劉侗、于奕正《帝京景物略》卷首有言：「夫都燕，天人所合發也。陰陽異特，睠顧維宅，吾知之以天。流泉膴原，士烝民止，吾知之以人。此《帝京景物略》所為著也。」本書也差不多以同一態度去寫香港，也同樣視香港是由「天人所合發」，我們的文學、我們的歷史，以至由土地化生的願望、情志，本歸於更超越的共同。願這書屬於香港，也獻予所有關懷土地的人、寫給與大地同一呼息的地方——即使不現實，至少可作此文學幻想。是為記。

二〇一三年五月

目次

3 序一／我看陳滅的「我城景物略」 陳國球

9 序二／破卻陸沉——陳智德的「抒情考古」書寫 王德威

13 前記

【上卷】破卻陸沉

23 白光熄滅九龍城

41 維園可以竄改的虛實

61 我的北角之夜

83 破卻陸沉：從芒角到旺角

101 高山搖滾超簡史

117 虎地的學院和魑魅

135 旗幟的倒影：調景嶺一九五〇—一九九六

159 黃幡故事探源

171 達德學院的詩人們

179 浪蕩兒童樂園

【下卷】藝文叢談

193 書和城
205 廣華書店和它的灰塵
211 復興書店的肥佬
219 書蟲的形狀
225 貽善堂的天使
231 冷門書刊堆疊史
241 最後來到東岸書店
251 詩人筆下的港督
259 大大公司與《大大月報》
267 十年生滅：香港的文藝刊物

279 主要引錄文獻一覽

地文誌

追憶香港地方與文學

【上卷】破卻陸沉

白光熄滅九龍城

昔日九龍城的中學生愛到啟德機場溫習，因為座位多，又涼快，而且那最接近飛機的地方，反而是整個九龍城唯一聽不到飛機巨響的所在。九龍城居民從南角道、龍崗道和衙前塱道向太子道走，每條街的盡處都有行人隧道入口，幾分鐘就通到機場。對居民來說，那幾處隧道入口，已是機場的一部分，也是九龍城的邊界、香港的出口，只消幾分鐘，居民出境入境，移民又回流。

燈光與碎片

啟德機場跑道燈光徹夜明亮，像堅固的星座，為夜間升降的飛機提示路徑。我們以為星座總比我們持久，但這晚看來那麼虛弱。一九九八年七月六日凌晨降臨，跑道燈光倏然熄滅，市民不禁叫喚，短暫漆黑後，燈光突然再亮起，市民雀躍起哄，但它只閃爍了幾下，然後真正熄滅，結束比我們年長的光，歷史裡的離合、笑靨淚痕，奔向了冷卻宇宙。

再沒有飛機掠過九龍城的低空，再沒有頻繁的震耳巨響，我們反而不習慣，但知早晚會戀上這新的寧靜。因鄰近機場的建屋高度限制，大半世紀以來，整片九龍城社區維持低矮樓房外觀，在這晚，我們也預見它早晚撤換作新的高樓。

承認新舊輪替是必然，我們不敢否定新事，卻總忐忑於「發展」二字；只有九龍城一面淡然，看慣變幻。但九龍城也在我們不察覺的時候回首前塵，追憶城寨渡頭往返的清廷官吏、城寨門前腳戴枷鎖的罪犯、宋皇臺前痛惜文化失落的前清遺民、被日軍夷為平地的啟德濱。

改變用途後的啟德機場接機大堂，2003

時流洗淨鉛華，九龍城只暗自追懷，不肯在人前話舊，我們都理解，它藏著半島最幽隱的歷史記號，歷劫時代遺下依稀可辨的痕跡：宋皇臺、九龍城寨、啟德濱、啟德機場，面目全非，但未完全逝去。至若我輩在飛機巨響下的唐樓中的蹦跳嬉鬧、烙印腦際的笑靨淚影，待得雙燕歸來，也未必願意記起。

直至我們翻開紙頁，滿眼不滅跡印，盡是前人的文字。

目前所見，最具古風的九龍城風景，莫如侶倫筆下的記述。一九三〇年與友人組織島上社，創辦文學雜誌《島上》的侶倫，二〇年代末居於九龍城，位於近海的啟德濱外圍，他為居所命名「向水屋」，並邀得徐悲鴻題字，書橫幅掛於壁上。侶倫於一九五三年出版的散文集《無名草》，有一篇文章〈故居〉，為戰前九龍城留下世外桃園式的記錄：

> 我的住居是一列新建樓房的一間四層樓上，沿住屋外有一個寬廣的，鋪了花磚子的迴廊式的陽臺，……可以看見由高聳的獅子山下面伸展過來的一塊巨幅的風景畫：一簇簇蒼翠的樹木和一片灰色的屋頂——是一世紀來不輕易變動的古風的殘留。隱蔽在灰色之中的，是村落，工場，

醬園，尼庵，廟宇，園地和人家。一個小丘橫在那裡，小丘的中部，像腰帶似地鑲著古舊卻還完整的九龍城的城牆。[1]

這是目前為止我所讀到的，戰前從啟德濱外圍望向九龍城寨風景地貌的最完整紀錄。這優美散文同時是記錄九龍城地貌的重要文獻，《無名草》一九五三年曾再版一次，早已絕版，之後未有再版，讀到的人恐怕不多，侶倫後來在寫於一九七七年的文章〈向水屋追懷〉中，引用了部分〈故居〉的內容，但不及原文詳細。

侶倫文中所指的「新建樓房」，是指建於一九二〇年代的啟德濱住宅。一九一〇年代，由何啟與區德等多人創辦的啟德營業有限公司，主持填海建屋計畫，新建成的社區稱為啟德濱。啟德公司的填海計畫，未竟全工就倒閉，政府接收後在填海區興建機場，命名為「啟德」。二戰期間，日軍攻占香港後，為擴建機場拆去九龍城寨城牆，宋皇臺、啟德濱社區亦被夷平。

侶倫在《向水屋筆語》一書，多處談及九龍城，其中〈故人之思〉記錄了葉靈鳳一九二九年偕郭林鳳在香港短暫居住的日子，侶倫安排他們租住在九龍城：

那是座落「宋皇臺」旁邊一間房子的第二層樓。從那「走馬騎樓」向外望，正面是鯉魚門，右面是香港，左面是一條向前伸展的海堤；景色很美。尤其是晚上，海上的漁船燈火在澄明的水面溜來溜去，下面傳來潮水拍岸的有節奏的聲音。在海闊天空之中，人彷彿置身超然物外境界。[2]

因為「向水屋」之名以及葉靈鳳短住九龍城，一時傳遍香港文壇，《伴侶》雜誌編輯張稚廬送給侶倫一首舊詩寫道：「半島爭看一俊才，宋皇臺下寫沉哀。不知十里徜前道，幾見翩翩靈鳳來。」[3]前兩句寫侶倫，後兩句寫葉靈鳳。寫侶倫時提及宋皇臺，只就其居處位置而言，侶倫是早期香港新文學拓荒者之一，創辦新文學社團和刊物，宋皇臺與侶倫其人其文無多大關係，它另有迥異於新文藝取向的象徵意義。

---

1 侶倫，〈故居〉，收錄於侶倫，《無名草》，香港：虹運出版社，一九五〇。
2 侶倫，〈故人之思〉，收錄於侶倫，《向水屋筆語》，香港：三聯書店，一九八五。
3 侶倫，〈故人之思續筆〉，收錄於侶倫，《向水屋筆語》，香港：三聯書店，一九八五。

宋皇臺本九龍城以南海濱山坡上一塊大石，南宋末年，宋帝昰與宋帝昺被元朝軍隊追逼，在文天祥、陸秀夫等人護送下逃至九龍城一帶，短暫停駐再繼續逃亡。後人紀念其事，於相傳宋帝曾登臨之大石刻「宋王臺」三字，旁邊另有「清嘉慶丁卯重修」七字，為保護古蹟，香港政府於一八九九年通過「保存宋王臺勝蹟條例」，其後修葺鄰近地方，闢為公園。日治時期，大石被炸，裂為數塊，刻字部分竟奇蹟倖存，戰後港府擴建啟德機場，於大石原址興建機場客運大樓，石刻部分切割成長方形，移送機場附近空地，闢作「宋皇臺公園」。

二十世紀初，辛亥革命後，前清文人避居香港，有感山河變易，香港「雖信美而非吾土」，文人將家國與身世之悲寄託於宋皇臺，藉雅集相互唱酬。一九一七年，蘇澤東輯錄前清探花陳伯陶等人所著宋皇臺詩詞，編為《宋臺秋唱》。宋皇臺向為香港最著名古蹟，文人懷古之餘，亦追溯九龍古事，如陳伯陶〈宋皇臺懷古並序〉：

九龍，古官富場地，明初置巡司，嘉慶間，總督百齡築砦，改名九龍。道光間復改官富巡司為九龍巡司，而官富場之名遂隱。4

宋皇臺公園，2006

前清文人追懷失去的時光，以歷史抗衡殖民地的無根，不意間為香港敘述了遺民角度的歷史。宋皇臺也不只是前清文人吟詠對象，抗日戰爭期間，南來香港避亂的文人，也有許多藉宋皇臺抒發時局憂患，如陳居霖〈雨訪宋皇臺偕雪瑛三首錄二〉其一云：「抱得春愁海樣深，江山如晦忍重臨。崖門極目蒼波冷，空憶當年帝璽沉。」[5]正將時代憂患與個人飄零之悲合而為一。

二十世紀初，香港仍有許多與宋皇臺相關的古蹟，如二王殿村、侯王廟、國母梳妝石等，同為前清文人避港必訪之地。二王殿位於二王殿村內，即《新安縣志》中的二黃店村，位於今日的馬頭圍區，陳伯陶〈宋行宮遺瓦歌並序〉記云：「官富場宋皇臺之東有村名二王殿，景炎行宮舊基也，新安縣志稱土人因其址建北帝廟即此，今廟後石礎猶存。其地耕人往往得古瓦，色赭黝，堅如石，雖稍麤朴，然頗經久。」序後有詩，抒其獲得古殿遺瓦的感慨：「淒涼故國哭杜鵑，零落舊巢悲海燕。手揩此瓦重摩挲，惆悵遺基淚

---

4 陳伯陶，〈宋皇臺懷古並序〉，收錄於陳伯陶，《瓜廬詩賸》卷下，香港：一九三一。

5 陳居霖，〈雨訪宋皇臺偕雪瑛三首錄二〉，收錄於陳居霖，《藥園詩選》，香港：香港現代中醫藥學院，一九六七。

如霞。」[6]

宋皇臺、二王殿村與古殿遺瓦為前清遺民共同吟詠之對象，吳道鎔亦有詩云：

> 寒林擁日到虞淵，戎馬艱難瘴海邊。七百年來陵谷變，二王村尚鳥啼煙（二王村）。敷天左袒語非虛，直到窮邊有帝居。破碎河山瓦全少，千秋一片重璠璵（宋行宮瓦）。[7]

吳道鎔與陳伯陶、張學華等合稱「嶺南九老」，皆前清遺民，辛亥革命後避居香港。陳伯陶手執古瓦而垂淚，吳道鎔視瓦片如古玉，不僅視為古物，實為難以重整的文化中國碎片，其懷古、歷史意識與離散海外之悲，已糾結難分。

蛻變的軌跡

戰後侶倫從回港，舊居已隨啟德濱湮滅，侶倫仍居九龍城，住在獅子石道，其後一再搬遷，徐悲鴻題字的橫幅「向水屋」仍掛屋中。原來日軍攻占香港前夕，侶倫把橫幅從鏡架取出，摺疊後夾進書中，藏於塞滿舊書的箱子裡，待戰後回港，箱子仍在，那橫幅也成了劫後倖存的珍寶。

侶倫筆下的啟德濱，遠望可見一片村落，工場，醬園，尼庵，廟宇；於我來說，可說是一個「史前」的九龍城，它引發歷史想像，但不涉個人回憶。一九九五年，當讀到郭麗容小說〈城市慢慢的遠去〉，我知道，我終於找到屬於我這年代的九龍城書寫。

在龍崗道的郵局，還有代人寫信的攤子。雜貨店仍然是六、七〇年代模式，穿著白背心的老闆坐在櫃面，無線電播出南音。[8]

---

6 陳伯陶，〈宋行宮遺瓦歌並序〉，收錄於陳伯陶，《瓜廬詩賸》卷下，香港：一九三一。

7 吳道鎔，〈偕陳燾公伯陶張闇公學華伍翟公銓萃賴智公際熙游九龍砦訪宋季遺蹟〉，收錄於吳道鎔，《澹盦詩存》，香港：一九三七。

8 郭麗容，〈城市慢慢的遠去〉，收錄於郭麗容，《某些生活日誌》，香港：普普工作坊，一九九七。

其實香港還有許多地區，如上環、土瓜灣、西灣河等，保存六、七〇年代或更早的模樣，直至我們的青年時代為止。不同年代都有屬於那年代的新事，我們許多年後才了解，除了新事物，舊物的延續也是一種時代產物和集體記認：

當赤鱲角新機場啟用後，九龍城將會重新發展。那時由香港島望去九龍城區，據說會像紐約曼赫頓。在矗矗的摩天大廈之間，玻璃幕牆與陽光閃爍。「天地良心，我愛你就是因為我愛你。」這些句子將沒處停留。[9]

郭麗容的小說教我追思前事，九龍城的獅子石道、侯王道、福佬村道、南角道，都是我小時常去的地方。在油麻地乘坐三號巴士，或在旺角上海街登上十三號巴士前赴九龍城，是小時除了上學以外最熟悉的路途，車窗外的風景多年如一，我默認著如何沿巴士駛過的路徑，步行往返兩地。媽媽經營的兩家店舖、姑婆經營的時裝店、姨婆開設的裁縫店都位於九龍城，是祖母輩、父輩與親戚們最常聚會的地方，尤當「作牙」時節。

九龍城總給我破舊、熱鬧，具人情味而嘈雜的感覺，麻雀牌聲混和飛機間歇經過的聲音，在幽僻的冷巷，傳來收音機播送的鬼故事。不過最恐怖的，莫如給父親帶到九龍城寨的簡陋牙醫診所脫牙，只為著老牙醫是他的朋友。經驗豐富但沒有專業認可資格的老牙醫，沒使用任何麻醉藥物，以簡陋工具把未完全鬆脫的乳齒用力拔出，我每次都發出比我小時所能承受的痛苦更尖銳的呼聲。

追隨哥哥、眾位表姐和表哥，攀上高聳而狹窄的木樓梯，我像一隻流竄的蟑螂。有時在梯間與拿著空漱口盅到大牌檔買白粥的大人打個照面，我側身讓過，梯間響徹我喜聽的木屐蹺蹺之聲。屋內大人在搓麻將，小孩在走廊玩，黑白電視傳來真的槍聲，教我們知道遠方有戰爭，我特別記得大人物逝世和有人被審判的新聞畫面，大人們有的切齒憤慨，有的低聲惋嘆。傍晚過後，收音機播送鬼故事，再傳來一首又一首粵曲，鑼鼓喧天，女聲婉轉，夾雜眾人不息的爭鬧，我不知應該掩耳，還是學習。

偌大的屋內，除大廳以外，以木板、衣櫃分割出許多小房間，我走進其

9 同前註。

中一所昏暗無窗的房間，書桌上一盞小燈，照出一個寫字的青年，也照出香煙裊裊，但照不亮身旁凌亂的書刊和紙頁。某天，那人遞給我一疊廢棄稿紙，在鋼筆增刪塗改的暗藍色墨水字跡間，我記著一些寫著「高爾基」、「契可夫」這樣奇怪組合的字詞。

後來媽媽結束九龍城的店鋪，祖母過世，很少再往九龍城，直至八〇年代中，香港移民潮澎湃，啟德機場成了同學間最後話別之所，那幾年間，我們熟悉機場甚於圖書館。那時並不知道，移民的人若干年後又舉家回流，但同學間已很難碰面，友誼早晚褪色，九七問題卻帶來過早的斷裂。一九九〇年我赴臺灣升讀大學，又幾度往返機場，到我畢業之時，機場準備遷往大嶼山，大片連接大嶼山之北的人工島嶼工程方興未艾。

一九九七年暑假，我到臺灣探望隔別三年的同學，最後一次從啟德機場登上飛機，回程時最後一次越過九龍城的低空降落。機場繁忙如昔，轉換航班資訊的告示板仍發出熟悉的「躂躂躂躂」聲響。啟德機場即將關閉，我已作好離別的準備，那知它的消失並不像一次爆炸。

九龍城的蛻變早於一九九四年拆卸九龍城寨已發其端，啟德機場的關閉，只是這蛻變之另一端。對城外人來說，城寨像個大迷宮，除了建築格局因素，城寨也儲存了前代香港的歷史、英占香港後種種烙印人心的陰暗記憶，董啟章《繁勝錄》中之一節，正寫出城寨如同迷宮的深意：「有人說走進寨城的人沒有一個能走出來，因為寨城會奪走人的記憶，令人不願意再離開。」[10]城寨關乎我城的陰暗記憶，拆掉它是攻克陰暗記憶的最簡單卻又帶點暴虐的方法，在城寨低空掠過的飛機，也許提供另一種超越的可能，《繁勝錄》的敘事者走進城寨最後抵達出口，正遇見這種超越：「降落的飛機又在低空掠過，我掩著耳，抬頭望向那一隙天空，卻甚麼也沒看見，只感到四周好像陰暗了一下。」[11]

一九九八年七月六日凌晨，最後一班客機降落，啟德機場結束大半個世紀以來的任務，經過一段搬遷日子後，原來的客運大樓被分割為許多不同部分重新開放，分租給各種不同機構，作許多不同用途。二〇〇三年四月，「沙士」陰霾籠罩的日子，我重回沒有飛機升降的啟德機場客運大樓，穿梭於人跡杳杳的不同區間，記下種種不由自主的割裂。每感它的割裂，它的蛻

10 董啟章，《繁勝錄》，臺北：聯經出版事業股份有限公司，二〇一二。
11 同前註。

變，與我們的成長都屬同一軌跡。

機場白影

從機場禁區走出接機大堂，沒有接機的人群，走在微微傾斜的一小段下坡路上，時間成了一件行李，發出抗議不願離去的叫嚷，被我們緩緩拖行而去。啟德機場禁區現在成了政府部門辦事處，圍板分割出多個迷宮一樣的部門和區域，到處仍有刺眼的鮮黃色發光指示板，指引尋找政府的市民，也同時招引旅行的魑魅，在熟悉的黃光下一再徘徊。在每一個外觀近似的入口，真正通往的不是個別政府部門，而是更多迴異紛歧的去處。離境大堂則成了教會聚會所和私人機構辦事處，航空公司櫃檯區變作保齡球場、遊戲機中心、桌球室、二手汽車展銷場。到處是分割的痕跡，機場原有的禁區和接機大堂、離境和出境的界限，變成了完整和分割的界限。

昔日九龍城的中學生愛到啟德機場溫習，因為座位多，又涼快，而且那最接近飛機的地方，反而是整個九龍城唯一聽不到飛機巨響的所在。九龍城居民從南角道、龍崗道和衙前塱道向太子道走，每條街的盡處都有行人隧道

太子道與打鼓嶺道交界

入口，幾分鐘就通到機場。對居民來說，那幾處隧道入口，已是機場的一部分，也是九龍城的邊界、香港的出口，只消幾分鐘，居民出境入境，移民又回流。隧道內總有幾盞不住閃爍的白色光管，長期發出蟬鳴般的叫聲。來回的居民後來把蟬鳴也帶回家，安裝在客廳、走廊，大廈的梯間。飛機白晝在居民的頭頂飛過，晚上也化作飛蛾前來，依附在室內每處有光的地方，彷彿回魂的親人、每一個離境的旅客，並沒有真正離開：

燈蛾三兩停息又忽然翻動
樓房寂寂夾雜咳嗽和白色光管
快速閃爍發出沉壓低鳴
也掩不住月夜盈盈歸來步履
化作光管下白皙善感的靈

白光說話時我們便傾聽
白光沙啞我們的耳目也朦朧
我們苦苦臨摹寫真的大字

總賦予鍵盤上潾潾分解的符咒
沒有比灰白反光的螢幕更寫實

酒醉的光管快速閃爍
竭力又胡亂地吐露言詞
為什麼首次理解、接近了它
渺渺虛無的言詞，又剛到時？
留下白光下盛大散亂的殘席

從晚上降落的飛機外望這城市，首先看見的只是一點火光，接著是散落的煙花，再逐漸呈現紅綠錯綜的文字：炫目的霓虹燈、自我膨脹的廣告，但就在那昂揚的語調之中，有些文字的筆畫已經脫落，或長期閃爍明滅，過剩的自信收斂起來，文字缺去部首，繁體轉成了簡體。從半空的遠景再降落在城市內部，離開了一處邊境還有另一處邊境。機場在原地改變了用途還有另一個用途，城市就這樣向我們展現它蛻變的端倪、生長的軌跡。

我們離去時把門虛掩
那一點光隨時就要熄去
室內流動的風使門往復欲閉又半掩
逐漸響起鋼琴、結他的間奏
最渺茫的主唱，最偉大的敲擊！

我們的影在起舞在閃爍的世界
在將滅的白光下歡呼至咳嗽
說著與我們逐漸歧異的語言
白光熄滅還催促分離
等另一月夜酒醉時相認[12]

從啟德機場禁區走出接機大堂，沒有接機的人群，卻有紛紛絮絮的語

12 陳滅，〈白影（酒醉篇）〉，收錄於陳滅，《低保真》，香港：麥穗出版有限公司，二〇〇四。

聲，航班告示板不斷變換數字，最初是航班號碼，漸漸變成了年份，最後是由十至零的倒數，帶著一個城市的時間亮光、閃爍了幾下、再熄滅。啟德的年代就這樣終結，唯獨告示板上的數字不放棄自己的言語，始終發出那「躂躂躂躂」的聲響。大堂到處是互相迎送的人群，發光指示板把他們都照成鮮黃色，我認出了當中有幾位多年未見面的舊同學，但沒有上前相認，只緩緩向大堂出口那淡色的世界走過去。離去前在門邊回頭望向禁區傾斜的下坡路，一眾舊同學向我揮手，祝我一路順風，我遲疑了一會，逐一凝視、努力記住了每一個人鮮黃色的面容，也向他們揮手並道：有空一定會寫信回來給你們。

維園可以竄改的虛實

一九七一年市民在維園涼亭附近草地集會，以靜坐方式抗議日本侵占釣魚臺，警察以示威未經批准為由，以警棍毆打示威者，釀成流血事件，最後拘捕二十二人，是為「七七維園示威」。在香港學運史的論述上，這標誌性的事件被認為「教育了學生運動的第一代，提高他們的政治和社會意識，令『反殖民地主義』成為學運的基礎及發展出日後的學運路向。」

一九八二年事件

一九八二年，我十三歲，生命中第一次與維園相觸，那時當然未知，及後還有一九八九、一九九七和二〇〇三等待著。時光斷裂，又總似相連，關鍵是語言和論述：一種文藝。深切記得，一九八二年的空氣中瀰漫著湧動氣氛，那一年，港督麥理浩離任，結束香港殖民史上被稱作「黃金十年」的時代，英國派出有「中國通」之稱的尤德接任，開啟了中英雙方就香港前途問題的連串角力。同年九月，戴卓爾夫人訪華，談判後在人民大會堂階梯上摔了一跤，這七分驚愕三分滑稽的新聞影像，使九七問題在民間更廣泛地談論，在狐疑和恐懼的同時，夾雜更多難以言喻的民族情結，在去與留、疏離與認同的邊緣上忐忑徘徊。一九九七！一九九七！人們如此談論著，連小學生也知曉：一舊舊漆！一舊舊漆！十月至十一月，看似情調迥異的兩齣電影，許鞍華導演的《投奔怒海》和譚家明導演的《烈火青春》分別在九龍普慶戲院和嘉禾戲院公映，當它們也透過暗示對現實政治的批評、厭棄和失望，參與製造那令人難以安坐的氣氛，不過一再標示，一九八二是不尋常的一年。

一九八二年，我十三歲，喜歡閱讀《突破少年》和《突破》，暑假參加雜誌社舉辦的活動，結識了幾名導師和一群年紀比我稍長的青少年朋友。九月十八日，當天是週六，我們在活動後聯袂趕赴維園，時候稍晚，抵達時涼亭外一大片空地已坐滿了人。從公園入口進來時，一路有游繩作區隔，繩上掛滿黑白印刷海報，以勁秀的書法體寫著：「歷史不容竄改。」

我認得這款海報，上學途中已見過多遍。海報原是昔日世界傳播訊息的重要媒介，那是個海報年代，在建築工地圍板、電力公司變電站、行人隧道、天橋底等公眾空間，總貼滿各式海報；在函授班、醫藥、電影海報之外，還有我特別記得的「紀念五四運動六十週年」、「青年文學獎徵文」和一九八二年八、九月間持續張貼的「反對日本竄改歷史教科書」、「紀念九一八民眾大會」海報，它們如有磁力吸引我駐足觀看，除了訊息文字指向的特定日期地點，還不斷暗示於我，未來，不久的將來有更重大的事件等待發生。

群眾集會由默哀九一八及抗戰死難者開始，接著眾唱《龍的傳人》，三萬多人幾乎每人都開口高聲唱，我記得那特別響亮的合唱，因應九七問題和日本竄改歷史教科書事件，那年頭香港的民族情緒特別高漲，電臺也時常播放這歌，情緒可以是虛幻的，但歌聲教它變作真實。歌聲後接著有人發言，集會持續約一小時結束，隨著散會的人潮，我在球場那邊遇見青年中心美術社的導師，我心目中的「大姐姐」，那時她大概二十五、六歲。她教我們繪畫不只是繪畫，繪畫也是一種文藝。一次寫生旅行途上休息時，她從背囊取出一本《素葉文學》翻看，那時我想，這就是她所說的文藝吧。那雜誌素淡的封面吸引了我，更關鍵的，是大姐姐翻閱那雜誌時的神態、閱讀時釋出的眼波，教我久久不能忘懷。

繪畫是一種文藝，我開始知道我所要追尋的也是一種文藝。但我還未知曉這路途該有多漫長，但見長途的起點如山巒起伏，也許，我會找大姐姐手上的雜誌一讀？它一定比我所讀的《突破少年》和《突破》更文藝。那一年是一九八二年，我十三歲。

《素葉文學》創刊號，1980

我們到維園去

「來到維多利亞公園東面的側門，雨卻突然地停下來了，雨水漲至我的大腿上，令我覺得在如此惡劣的情況下要橫過偌大的一個公園，或許真是一件不很可能的事。」——鍾玲玲〈記一九七二年大水〉[1]

對鍾玲玲來說，關鍵的年份是一九七二，儘管她寫過一首詩，題目是〈我的燦爛在一九一九〉。為什麼是一九七二？那一年的確發生多宗大事，先是美國總統尼克遜訪華、再有中日建交，但鍾玲玲〈記一九七二年大水〉不是談論這些政治事件，該文描述的是另一件大事，她約了朋友金鳳在豪華戲院見面，她有重要事情要向金鳳訴說，即使冒著傾盆大雨亦在所不辭。當她在暴雨中獨自穿越維園，遇見另一名急需穿越暴雨的男子，男子說妻子在醫院等待著。作者最終冒雨抵達豪華戲院，但金鳳沒有前來，良久之後，作者對自己說：「金鳳一定是有著更重要的事情要作。」[2]

在〈記一九七二年大水〉一文，穿越暴雨維園是全文最關鍵的描述，途

1 鍾玲玲，〈記一九七二年大水〉，收錄於鍾玲玲，《我不燦爛》，香港：明窗出版社，一九八八。
2 同前註。

中所遇另一同具趕赴意志的男子，一再予她共同的理念，標示生命中必須前赴的重要事件。〈記一九七二年大水〉原刊一九八一年的《素葉文學》，十年前在維園發生的事件，也讓它成為一代人追尋身分和為理念抗爭的重要地標。

一九七一年四月十日下午，一批青年聚集在中環德忌笠街日本文化館外示威，舉起「釣魚臺不容侵略」等標語，高唱〈保衛釣魚臺戰歌〉，未幾在場警察以武力拘捕二十一名示威者，當中包括〈記一九七二年大水〉的作者鍾玲玲。同年七月七日，更多市民在維園涼亭附近草地集會，以靜坐方式抗議日本侵占釣魚臺，警察以示威未經批准為由，以警棍毆打示威者，釀成流血事件，最後拘捕二十二人，是為「七七維園示威」。[3]在香港學運史的論述上，這標誌性的事件被認為「教育了學生運動的第一代，提高他們的政治和社會意識，令『反殖民地主義』成為學運的基礎及發展出日後的學運路向。」[4]

由這次開始，維園成為七〇年代香港學生運動以至日後各種社會抗爭運動的重要舞臺，包括一九七三年的「反貪污、捉葛柏」、一九七八年的金禧事件、一九八二年的九一八群眾大會、一九八七年的爭取八八直選、一九八九年的支援愛國民主運動、抗議六四鎮壓、民主藝墟以及民主大學、二〇〇三年的反廿三條和七一大遊行、二〇〇五年的反世貿大遊行等等。那起點，七七維園示威的重要性，具歷史本身的客觀因素，然而在不同的個人心目中，維園，特別多次集會所在的涼亭及附近山坡草地，也標示著公共歷史與個人理念的結合，在一代又一代香港人之間，糾集為揮之不去的情結。

歷史和它如果存在的真實

「三人被捕後，群眾仍然坐在草地上，喊口號，唱《保衛釣魚臺戰歌》，示威繼續進行，秩序大致還好。突然，靜坐群眾的左前方亂作一團，葉萍看見威利警司手舞警棍，左揮右打，有人當場頭破血流，人群

3 事件經過詳見李樹，〈在香港舉行和平示威〉，《七〇年代雙週刊》第二二期，一九七一年八月；凱文，〈「七七」事件的回顧〉，《中國學生周報》，一九七一年七月三十日。

4 何家駒，〈引言〉，遠東事務評論社．香港問題小組編，《學運春秋：香港學生運動》，香港：遠東事務評論社，一九八二。

嘩然，四散奔逃，有人閉目挺胸，紋絲不動，一副豁出去的泰然樣子，孟展良知道大風暴要來了，他擠近葉萍身邊，一手拉她，企圖在警察的包圍網中突圍而出。」——辛其氏《紅格子酒舖》[5]

七七維園示威無論在香港學運史或社會抗爭史上都是標誌性事件，在當時已引起廣泛報導，除了一般報章，《中國學生周報》、《七〇年代雙週刊》和《盤古》都頗站在同路人的角度報導事件。七七示威後《中國學生周報》立即刊登社論文章〈七．七警方「大示威」〉，批評警方過分而誇張的暴力鎮壓，《七〇年代雙週刊》有思雲〈釣魚臺．帝國主義．殖民主義〉和李樹〈在香港舉行和平示威〉，闡釋事件背後的政治意義和策略。[6]

作為文學人，我特別注意有關這事件的文學記述，最早的一篇可能是李金鳳〈公園中的哭聲〉[7]，而最長篇的要數鍾玲玲七千多字的〈七七，和，或者再見香港〉[8]，另有綠騎士的短文〈七七所見〉[9]和李家昇的詩〈維多利亞之冬〉[10]。以上詩文都為事件留下即時性的文學記述，它們也許比較接近事實，然而又不一定是真實，這不是作品本身藝術技巧的問題，卻來自即時記述的限制——它缺乏洞悉、穿透以至超越所需的距離。

許多年後，大概是一九九一至九四年，辛其氏在停刊多年後復刊的《素葉文學》上，陸續發表〈我們到維園去〉和〈糖街上的驚弓小鳥〉等短篇，九四年底結集為小說集《紅格子酒舖》。我相信，對那七七示威的一代來說，《紅格子酒舖》提供了穿透時代的可能，也為後世提供運動的細節、情感以至觸動內在的真實。

小說由紅格子酒舖，當年幾次示威的後援場所為起點，以虛構或有現實人物作藍本的葉萍、但英和立梅等女子的友誼為經，真實的社會運動事件為緯；串連一個社群的聚散，談論時代的幻變、尋思公義和真理，探求公共歷史與個人離合的意義。小說所記述的社會運動，從七〇年代的爭取中文成為

---

5 辛其氏，《紅格子酒舖》，香港：素葉出版社，一九九四。

6 見《七〇年代雙週刊》第二二期，一九七一年八月。另有李清榮，〈群眾的餘響——香港式示威之後〉。見《盤古》第四〇期，一九七一年八月三十日。

7 見《中國學生周報》，一九七一年七月十六日。

8 見《中國學生周報》，一九七一年七月二十三日。

9 見《中國學生周報》，一九七一年七月三十日。

10 見《秋螢》第一二期，一九七一年八月一日。

法定語文運動、保衛釣魚臺運動到八九年的六四事件，都是真有其事，部分地方如海運大廈裡的巴西咖啡店也真有其所，其間也有一些事物變換了實稱，但都可知其本源。

憑我的文化涉獵和聽聞而略略得知，小說中提到的「新民學會」和「詩創作班」，大概是指一九六八年成立的創建實驗學院（後改組為創建學會）主辦由戴天和古蒼梧擔任導師的詩作坊吧，《開明月刊》、《洪荒雜誌》和《青年周報》則可能是《明報月刊》、《盤古》和《中國學生周報》吧，但不要問裡面的人物是否真有其人，它始終是小說，一種文學，現實事件當然重要，事件和經驗的細節也重要，《紅格子酒舖》對此都有所提供，然而其帶點懷舊和追溯歷史的筆觸，最終要探尋的，卻是那現實事件發生時，仍未知曉的——同時也是這世界最缺少的真實。

歷劫的字粒

「所以，性情柔順，規行矩步，自小對政治疏離的醒亞，在一九七一年七月七日晚上，獨自闖進當時刁斗森嚴的維多利亞公園，實在需要莫大的勇氣。當她被警察驅趕，隨著人潮沿糖街奔跑，如一隻迷途亂撲的驚弓鳥，她的狼狽和恐慌，也就可想而知。」——辛其氏《紅格子酒舖》[11]

今日沿糖街行走，可以想像這就是昔日維園示威的人們逃避警察追捕的路線嗎？維園又如何？經過二〇〇〇年間政府大規模的「維修改善」工程，維園大部分地方已面目全非，大片草地建為球場，多年來各種集會所在的涼亭亦已拆除。過去有人把維園與紐約的中央公園相比擬，但今天這種比擬已不可能。梁文道曾為文狠狠批評維園的改造：

維多利亞公園為什麼不是香港的中央公園？那是因為我們不容許空洞。曾經它的草皮要比現在多，它的空地要比現在大，可是你一定記得那可恨的市政局和那幫沒水平的議員吧，他們嫌它太空，覺得是種浪費，於是加建了好幾個球場。[12]

---

11 同註5。
12 梁文道，〈容器〉，收錄於梁文道，《我執》，桂林市：廣西師範大學出版社，二〇〇九。

原來的空間仍在，由草地轉為球場，卻也失去散漫的自由，我們的生活和文化空間，實也充斥如此被功能化的過程。

如果真要尋找可與昔日連繫的舊物，只有高士威道正門的維多利亞女皇銅像。它自五〇年代建園伊始擺放，至今位置形貌不變。這銅像亦算是歷劫之物，戰前原放置於中環皇后像廣場，香港淪陷期間被日軍當作戰利品運返東京，直至抗戰勝利，才經由盟軍交涉運返。舊物不一定都要保留，事物總會變幻的，時代的確應該進步，但什麼消失、什麼保留，在在顯示人們對歷史的態度。

每次經過或從女皇銅像那邊進園，我總想起九龍城的宋皇臺，在很久很久以前，它們曾代表兩種不同的瞻仰態度，今日還有誰對此二物認真？同樣為「皇」，宋皇臺不象徵皇權，卻象徵由清末至五〇年代好幾代香港人的離亂播遷和難以撿拾的文化中國碎片；而在舊詩詞的吟詠中，有時也許還暗示一點對殖民地統治的憤懣和無奈，見諸陳伯陶等著、一九一七年刊行的《宋臺秋唱》。至於維多利亞女皇銅像，它能象徵什麼？也許也曾象徵那號稱日不落國的殖民地統治光輝？對九〇年代的香港人來說，它只象徵歷史論述的匱乏和斷裂——在一九九六年青年藝術家潘星磊向銅像潑紅油事件上，多種議論和潘星磊自己都不知道，早在七〇年代，這銅像已被更激進、更前衛的香港青年狠狠「修理」過一頓：由頭至身淋以紅油，頭蓋市政局垃圾箱作新的冠冕，基座寫上「打倒奴化教育」六個大字。[13]這不是塗鴉，不是惡作劇甚至不是行為藝術，而是對真實的殖民地統治尤其殖民教育（針對香港政府於一九七八年公布的《高中及專上教育發展白皮書》）已到極限的無可忍受的憤怒。

真實就這樣在不同時空、不同的文章裡閃現過幾次，有沒有人在乎？沒有人在乎，真實就這樣成了虛假。《中國學生周報》、《七〇年代雙週刊》、《盤古》、《大拇指》、《詩風》、《突破》、《素葉文學》等等幾代人前仆後繼創建的文化刊物停刊後了無痕跡，多少年了？香港反覆被稱甚至自稱為「文化沙漠」，彷彿樂此不疲，一切討論返回原點，什麼都沒有發生。為什麼還要寫下去？徒然成就了一些詩句、小說或論述，它們是什麼？僅僅是一方一方字粒，以微小而仍可隨意速讀或略讀的形狀，有氣無力地、不太在乎地抓住它賴以生存的紙頁。由鉛字、植字到電腦字，由《突破》、《素葉文學》

13《七〇年代雙週刊》復刊創刊號（一九七八年）即以該事件為封面。

到《字花》，真實原來就是這些字粒？字粒也罷，《字花》也罷，只那麼隨手往桌底一擲，它們就立即散亂，不再成文。

分崩離析的故事

「葉萍坐在維園足球場的水泥地上，涼涼的剛下過雨，民運歌聲在夜空中飄揚，周圍閃動一片燭海，使她耽溺在往昔的韶光，照見她不圓滿的人生。今夜曾暖的幻影總在心頭徘徊不去，她十分懷念星散四方的朋友，很有一見他們的衝動……」——辛其氏《紅格子酒舖》[14]

由七〇年代的中文運動、保釣運動，八〇年代的中英聯合聲明、移民潮、六四事件，至九〇年代的六四紀念晚會，公共政治串連起個人和社群的離合，對八〇年代時值壯年的一輩而言尤其確切，不知多少家庭、戀人和友好因著移民和政治環境的不安而自行或強行被拆解。倫理的一木一石被八〇年代的公共政治沖刷成沙灘，然而弔詭的是，曾幾何時，公共政治又確曾締造倫理的構成，以共同的關懷和理念扣連出友誼、戀愛以至婚姻，如同鐘擺

維園紀念六四燭光晚會，2003

教個體在公共與社群、個人與集體之間擺盪，《紅格子酒舖》動人的地方，正在於寫出時代弔詭當中的擺盪。

關於辛其氏《紅格子酒舖》，我很願意日後撰寫更嚴整的評論，它可能不是一篇技巧高絕的作品，但足以為一個時代造像，其以香港地方場景作人物和時代紀錄的串連，正是謀篇技巧所在，當中最重要的場景，無疑是維園。〈糖街上的驚弓小鳥〉、〈我們到維園去〉、〈來自遠方的躁動〉和〈共此燈燭光〉四章都以維園場景串連故事，前二章有關一九七一年的七七示威，後二章有關一九八九的六四事件和九〇年代的紀念活動，其間維園一直是引發覺醒的場所，在後兩章而言，更是沉睡理念的甦生和支離破碎的人生的認清：「啊，久違了，不老的維園，枝繁葉茂的樹木已經被強風吹打得東搖西倒，凹凸不平的草地混著稀泥，風聲夾雜激昂的口號聲，葉萍惘然佇立，遙見一九七一年七七大示威的當年情景。」在〈共此燈燭光〉一章裡，描繪六四燭光集會的紀念，在公共理念的傷逝之間，夾雜小說人物葉萍對時光流逝和社群理念分崩離析的哀悼，個人和集體糾結為無可分割的人生，由此成就

14 同註5。

了至今為止香港小說史上最龐雜，也許亦最傷感的維園故事。

維園遊魂的喊話

一九八二年，我十三歲，一九八九年，我二十歲，一九九七年，我二十八歲，二〇〇三年，我三十四歲……關於我本人的幾段與生命相觸的維園故事，其間夾雜更多尋常生活的步伐，匆匆的路過、與記憶相見。在群眾集會的日子之外，常日的維園充滿遊魂，他們等待什麼？不是替身，而是燃料。有段時期我很希望靈魂就像森林，可以一燒而盡；但後來也想通了，靈魂自有其不可言說的燃料：

攜帶昔日的狂熱來到這地
不同年代都有人們逐一燃點
悶熱晚上手中熾烈卻不動的火
每個坐在地上的人都唱同一首歌
「如果靈魂像森林一樣能起火……」

沒有人真正聽見那歌聲
無風晚上蒸發汗水
抗議的人們在此地常存
未遂的訴求作遊魂漂流
依附樹梢草叢、每張綠色木製長椅

與乘涼的人一同讀報
想像路人歌頌和他一樣的自己
鐵欄外汽車緩慢駛過遊魂的眼睛
看透它們暗裡以雲彩的速度變化形象
每個遊魂都抓住鐵欄沉默望向馬路（節錄）[15]

維園也是港島區最大的年宵花市，它有更多與我們尋常生活相觸的時

15 陳滅，〈常日維園〉，收錄於陳滅，《低保真》，香港：麥穗出版有限公司，二〇〇四。

光。什麼時候再到維園走一趟？糖街、涼亭、草坡、小食亭、泳池旁、足球場、銅像，也許還有口號、燭光以及一塊一塊伙伴棄置的標語，世界圍著它們旋轉。我們很了解標語和一切棄置物的命運以及它們最後的去處，大家都一樣。標語也好，年花也好，同樣因為過時而被遺棄。一年又將逝去，某年維園的年三十晚花市深宵，人群將散，離去之前，我看見一雙乾瘦的手，捲曲手指緊緊抓住園邊圍欄鐵絲網，一雙眼透過圍欄望穿很遠很遠的遠方，我認得，不就是《紅格子酒舖》中的一頁：

醒亞沿著糖街，一口氣跑到豪華戲院附近，她喘定氣站在看熱鬧的人堆裡，呆呆地目送一隊頭戴銅盔、手持警棍盾牌，身繫老虎槍和催淚彈的防暴隊開進園去。天色已經全黑下來，時間是一九七一年七月七日晚上八時……[16]

七十三頁：

好幾次我還未讀畢，小說就像舊唱片「跳線」，突然從六十七頁跳到第新民學會內的小房間外面隱約傳來微弱的人聲，曾暖獨個兒守著葉萍，和衣臥倒榻榻米上，在葉萍斷斷續續的歌聲和醉語裡，朦朧睡去……「從那裡來？向那裡去？向未知探尋真髓。年華流轉，時光漂白了多少歲。有幾個朋友？有幾番壯遊？有幾件創業？有幾滴同情的熱淚？年年歲歲，掃盡舊塵，迎新年、作新人，就此辭歲。」[17]

每讀到這裡總不忍卒讀，雙手無力幾乎把書擲下，但現實何嘗足可直面？歷史不容竄改？歷史一向被現實竄改，還有生命、故事、文學、香港或什麼都可以，隨便的什麼玩笑，一一如同舊唱片跳線，歌曲自音樂自身的規律逆反，背離了時間，忽然跳到下幾句。某年某月的某一天……不知失落了何物，不知哪斷裂的部分，是自行刪減，或是為勢所迫，或以上兩者皆是？難以開口道再見……急不及待走向終結。不，還須強忍倦意，按捺愁思，背逆時流，勉力把未讀完的部分咀嚼。我要逝去了，是的，你隨後也會來。

---

16 同註5。

17 同註5。

我的北角之夜

北角原稱為「七姊妹」，北角之稱源自一八四五年英國皇家工兵軍團的哥連臣中尉率其部下繪製了一幅香港地形圖，在港島最北端之山岬上，標示North Point之名，但早期的北角只是山岬之名，在居民口中，稱該地一帶為「七姊妹」，呼海灣名為「七姊妹灣」，流傳七位金蘭姊妹拒絕盲婚，相約投海自盡的傳說，亦有指該傳說源於海灣突出水面的七塊石頭，後人穿鑿附會，以訛傳訛形成故事。

序詩

每到北角總想起幾首以北角為題的詩，電車驅動詩句，不惜背逆時流，載前人舊友與我們相見。從口袋裡掏出詩句，即使它們都已有點殘破，慶幸我們有這樣的共同話題。馬朗說：「我們處身在一個史無前例的悲劇階段，新的黑暗時代正在降臨」[1]，仍慶幸我們有詩歌作抗世之資。匆匆談了幾句，詩的生命就是我們的生命，它在此地流傳的時間不多，回響更是杳然，但此地到底是我們立命之所在，無悔讓詩句灑落街邊。

走在我前面的先輩中，書寫北角的三位詩人，較年輕的也斯竟先逝去，[2]我知道，有一天我也會追隨。終不忍見詩句遺落在冷寂街角，我把它們拾回，但見前人和自己的詩句本已寂寥，此時更顯凌亂，索性仿古人集句故事，集成以下句子：

最後一列的電車落寞地駛過後
遠遠交叉路口的小紅燈熄了　（馬朗〈北角之夜〉）

十一月的晴空下那麼好
游泳棚卻早已凋殘了　（李育中〈維多利亞市北角〉）

沿碎玻璃的痕跡
走一段冷陽的路來到這裡　（梁秉鈞〈北角汽車渡海碼頭〉）
崢嶸的北角半山腰的翠青色
就比過路的電車不同　（李育中〈維多利亞市北角〉）

在下一站，「從前」下了車
我們又接近了明天一些　（陳滅〈北角之夜〉）
於是陷入一種紫水晶裡的沉醉

1 新潮社，〈發刊詞：人類靈魂的工程師，到我們的旗下來！〉，《文藝新潮》第一期，一九五六年二月。

2 梁秉鈞（也斯）老師於二〇一三年一月五日逝世。又，本書編校期間，二〇一三年六月二十八日，李育中教授在廣州逝世。

彷彿滿街飄盪著薄荷酒的溪流　（馬朗〈北角之夜〉）

別過象徵永別的暗藍大字
迎來遊樂場般的細碎樂聲　（陳滅〈北角之夜〉）

情感節省電力
我們歌唱的白日將一一熄去　（梁秉鈞〈北角汽車渡海碼頭〉）

開拓與播遷：〈維多利亞市北角〉

清廷割香港島予英人後，一個混合中西式建築、由石板路和三合土道路連接並鋪設下水道和電纜的「維多利亞城」，在港島北岸的中區和西區建造起來，城內劃分為「四環九約」，「四環」即西環、上環、中環和下環，九約是指由西環的堅尼地城至下環以東的銅鑼灣區。蘇福祥一九四八年在〈維多利亞城〉一文說：「維多利亞城是逐漸擴大的都市，就著地勢而建築的」[3]，一些本來不屬於維多利亞城範圍的社區，如北角及其他港島東部地區，因三〇年代香港城市發展擴張，最終也納入了維多利亞城的範圍。

北角原稱為「七姊妹」，北角之稱源自一八四五年，英國皇家工兵軍團的哥連臣中尉（Lt. Collinson）率其部下繪製了一幅香港地形圖，在港島最北端之山岬上，標示North Point之名，但早期的北角只是山岬之名，在居民口中，稱該地一帶為「七姊妹」，呼海灣名為「七姊妹灣」，流傳七位金蘭姊妹拒絕盲婚，相約投海自盡的傳說，亦有指該傳說源於海灣突出水面的七塊石頭，後人穿鑿附會，以訛傳訛形成故事。一八八〇年代，港府在七姊妹一帶小規模填海築路，七塊石頭沒入泥土，無從見證傳說真偽。

北角的開發，建基於填海築路、電車通行及游泳棚設施。一九〇四年七月三十日，第一輛香港電車從羅素街電車總站（即今日銅鑼灣時代廣場）出發，電車路日後伸延至七姊妹。一九一一年，中華游樂會在七姊妹海灣搭建游泳棚，二〇年代再擴大規模，增建游泳棚，成為市民游泳的熱門去處。由於城市擴張、填海築路，北角成為與七姊妹並行的地名，戰後更逐漸取代七姊妹之名。

3 蘇福祥，〈維多利亞城〉，收錄於黎晉偉主編，《香港百年史》，香港：南中編譯出版社，一九四八。

事物之真象，向為我輩所執著，然詩人筆下之城市，每多流光幻象，唯秉燭探照，終見本真幽隱其內。一九三四年，李育中在侶倫主編的《南華日報·勁草》發表〈維多利亞市北角〉一詩，其中一段這樣寫北角：

崢嶸的北角半山腰的翠青色
就比過路的電車不同
每個工人駕御的小車
小軌道滑走也吃力
雄偉的馬達吼得不停
要輾碎一切似地
把煤煙石屑潰散開去
十一月的晴空下那麼好
游泳棚卻早已凋殘了[4]

詩中記錄了北角道路的開發，荒蕪中一片開拓的景象，舊日的游泳棚因季節更迭而顯得荒涼，新的事物等待甦生。三〇年代的「維多利亞城」逐漸向東擴張，進入充滿傳說故事的「七姊妹」區域，新的名字最終取代舊有，城市的擴張最終教我們覺察，幻象生成的過程。

〈維多利亞市北角〉一詩以「開拓」名狀北角，作者李育中本人也是一位開拓者，二〇年代末在香港幾種報紙剛剛開設的新文學副刊發表散文和新詩，三〇年代與友人創辦《詩頁》和《今日詩歌》，戰後定居廣州，五〇年代後任教於華南師範大學。

一九九八年，李育中到香港嶺南大學參加研討會，我有幸拜訪他作了一次小訪問，但未及整理，至二〇〇六年，李育中以九十五歲高齡再到香港參加研討會，我經由《信報》文化版安排，再度邀他訪談。當我取出發表〈維多利亞市北角〉的《南華日報．勁草》影印件給他翻閱，他欣慰地說已差點忘記自己寫過這詩。寫該詩時，李育中在香港政府工務局任職，寫〈維多利亞市北角〉是出於工作上的見聞，我說這詩真的很珍貴地，給我們記錄了一片開拓中的北角地景。

4 李育中，〈維多利亞市北角〉，原刊一九三四年《南華日報．勁草》，收錄於陳智德編，《三、四〇年代香港詩選》，香港：嶺南大學人文學科研究中心，二〇〇三。

我本想再多問他一點關於詩中的北角，但他談的更多是灣仔，因他三〇年代居於灣仔。李育中在工務局任職了三、四年，再轉到一家中學教書，一九三八年離開香港前赴廣州，投身抗日救亡工作，廣州淪陷後再轉赴桂林、粵北等地，戰後回到廣州，曾於英國新聞處任職翻譯，直到一九四九年初，英國新聞處準備撤離廣州，播遷臺灣淡水，李育中本可隨同遷臺，但他不願前往，他笑說：「我要迎接解放呀。」

那是大轉折時代，許多人倉皇奔逃，也有不少滿懷希望地留下。倉皇與希望，到底多少流光，多少幻象，我們這一代不曾經歷，卻也不難理解，況且，尚有許多當年的文字留下，教我們想像「播遷」的真義。

純美與掙扎：〈北角之夜〉

因應游泳棚及電車開通，三〇年代的北角漸成港島市民遊樂去處，及後再有「名園」和「愉園」之建，黃燕清所著《香港掌故》有云：「雖無樓臺之勝，但布置得宜，運動器具，應有盡有，主事者仿照上海『大世界』、『新世界』游樂場辦法，一時吸引遊客不少。」[5] 戰後，商人租用廢置的游泳棚地段，建成「麗池花園夜總會」，北角益盛。五〇年代初，人民流徙南遷，部分挾帶來自上海的資金、技術，也包括來自內地的文化和風習，當時香港粵籍居民通稱所有外省人為「上海人」，他們一時聚居於北角，致當時北角有「小上海」之稱。

一九五七年，馬朗（馬博良）寫〈北角之夜〉，從尾班電車駛過開始，接入另一段夢幻般的把現實和記憶混合的時空，第二節之後是這樣：

於是陷入一種紫水晶裡的沉醉
彷彿滿街飄盪著薄荷酒的溪流
而春野上一群小銀駒似地
散開了，零落急遽的舞孃們的纖足
登登聲踏破了那邊捲舌的夜歌

玄色在燈影裡慢慢成熟

5 黃燕清編述，《香港掌故》，香港：豐年出版社，約一九五九—一九六一。

每到這裡就像由咖啡座出來醺然徜徉
也一直像有她又斜垂下遮風的傘
素蓮似的手上傳來的餘溫

永遠是一切年輕時的夢重歸的角落
也永遠是追星逐月的春夜
所以疲倦卻又往復留連
已經萬籟俱寂了
營營地是誰在說著連綿的話呀[6]

詩中提到電車、舞孃、霓虹、捲舌的夜歌，都是當時北角之景，但又不全然是寫北角，因為他又寫及春野上一群小銀駒、年輕時的夢、紫水晶裡的沉醉，往日的經驗與北角的浪蕩結合，在破滅中殘留一點不太真實的憧憬。

但我們很難就這樣理解這詩，必須把它與馬朗五〇年代前後的處境，以及他的文藝理念結合。一九五〇年，馬朗自上海抵港，同年由上海來港的作家尚有徐訏、曹聚仁、易文。馬朗在一次訪談中說：「因為家庭的所有產業

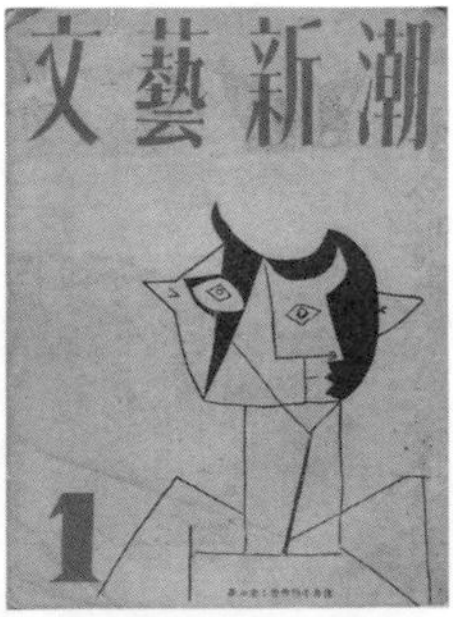

《文藝新潮》創刊號，1956

都沒了，我以華僑身分過來，過了橋來到這裡時，只在襪子中藏了幾十元美金，怎樣能夠生存？因為有一個朋友在港，可以暫住在那裡。生活費就靠寫稿。」[7]馬朗後來考入香港政府任職公務員，也協助老朋友羅斌的環球出版社處理編輯工作，一九五六年在羅斌支持下創辦《文藝新潮》。

馬朗在大陸時已編過《文潮》、《前鋒》、《小說》、《自由論壇報》等報刊，編輯經驗豐富，閱歷也廣，他來港所辦的《文藝新潮》，承接三四〇年代中國的現代派文藝，對香港文學影響深遠。「新潮」在不同年代可能有不同定義，對於馬朗來說，新潮是對保守和封閉的拒絕。《文藝新潮》譯介歐美也譯介亞非拉最新文學作品和文藝思潮，評介卡繆，也評介橫光利一。約請本地作家具創發性的文藝創作，推動香港和臺灣的現代詩交流，舉辦小說獎，也回顧三〇年代作家沈從文、師陀與端木蕻良。

新潮既是多元的求新，也是對文藝傳統的了解和承接。除此以外，它還

6 馬朗，〈北角之夜〉，收錄於馬博良，《焚琴的浪子》，香港：素葉出版社，一九八二。

7 馬朗、鄭政恆，〈上海、香港、天涯——馬朗、鄭政恆對談〉，《香港文學》總第三二二期，二〇一一年十月。

有更迫切的訴求：

為什麼這是禁果？為什麼要遮住我們的眼睛？……我們處身在一個史無前例的悲劇階段，新的黑暗時代正在降臨。曾經是惶惑的一群，在翻天覆地的大動亂中，摸索過、爭鬥過、吶喊過，同時，也被領導過、屠宰過。我們曾一再相信找到了完美的樂園，又一再被欺騙了。[8]

這是創刊號的發刊辭〈人類靈魂的工程師，到我們的旗下來！〉，宣言性的題目以外，內文流露更大的掙扎、憤怒和迷惘，談及大動亂時代中的尋索又失去，確信又幻滅，《文藝新潮》是對那一段暗昧時代的回應，為迷失的一整代人思索出路。

寫〈北角之夜〉一詩時，馬朗辦《文藝新潮》已踏入第二年，〈北角之夜〉篇末署寫作日期為「一九五七、五、廿四」，據《文藝新潮》第十一期版權頁所載，該期於一九五七年五月廿五日出版，那麼〈北角之夜〉正是寫於《文藝新潮》第十一期出版的前夕，當時馬朗大概剛卸下編務，也許與友人在北角的咖啡座閒談，深宵離去時，在街上遇見三兩從夜總會下班的舞小姐，他用遠離香港日常經驗的意象「春野上一群小銀駒似地」來形容她們急遽的步伐，寫當下所見，又用「登登聲踏破了那邊捲舌的夜歌」把記憶中的中原聲音「登登聲」與現實重疊，承接下一節，「一直像有」指向一些不即時存在的事物，「她」在這句子裡已是客觀上具體消逝了的事物，但「斜垂下遮風的傘」與「素蓮似的手」作為記憶中的主觀觸覺，好像「餘溫」般稍為消褪但未曾真正消失。

第四節來到比較抒情的結論，藉重複使用的「永遠是」，再肯定記憶的延續。「永遠是一切年輕時的夢重歸的角落」，記憶的聲音不具體存在但仍真實地延續。這是詩的純美，但願這純美，仍足夠我們抗衡時代的橫逆。「為什麼這是禁果？為什麼要遮住我們的眼睛？……我們處身在一個史無前例的悲劇階段，新的黑暗時代正在降臨」，今天一再將〈北角之夜〉與《文藝新潮》創刊號的發刊辭並讀，每感那掙扎、憤怒和迷惘，與詩中的純美都是一而二，二而一。

8 新潮社，〈發刊詞：人類靈魂的工程師，到我們的旗下來！〉，《文藝新潮》第一期，一九五六年二月。

碎玻璃的路：〈北角汽車渡海碼頭〉

一九八二年，馬朗詩集《焚琴的浪子》由素葉出版社出版，書前有也斯的序，他引錄〈北角之夜〉兩節後說：「北角對我來說不完全是這樣的，但我高興看到有人寫我長大的地方，使我開始想到怎樣看自己在這地方的體驗。」[9]由南來者的觀察開始，戰後成長一代沉浸其間，逐漸寫出自己的聲音，關鍵是反思和承接。

也斯在該序文中續寫自己「發現」馬朗和《文藝新潮》的過程：「我後來陸續還買到或看到香港早期其他文藝刊物，如《海光文藝》、《人人文學》等，在它們之後，這麼多年下來，不同的刊物仍然一直斷續地此起彼伏地出版，這一類刊物，以及報刊上的文藝園地（如《時報．淺水灣》、快報的副刊等），給了我學校教育所無的另一方面的教育，我對它們是非常感激的。」[10]我輩深有同感，也斯的發現與我的發現當然不一樣，但那自發和偶然則一。

與也斯發現《文藝新潮》相距二十年，八〇年代初我也在旺角的舊書攤和二樓書店，陸續讀到《素葉文學》、《羅盤》、《八方》、《秋螢》等刊物。在我們的成長和正規教育過程中，從沒有人「鼓勵」或「指導」我們閱讀本地文藝或書寫本土人事，我們都是自發尋覓新事，透過民間不同社群生成的書店或刊物，一點一滴地認清自主的重要。

本土經驗本就是我們的成長以至更大範圍下的共同體社會經驗，我們生活其中，也愈發認清我與非我的真幻，是以書寫本土絕不等同歌頌本土，本土也有許多負面，我們有時也嚮往遙遠的他方、願意承接更古老的傳統、參與更宏大的整體世界，但知每一個出發點，不都由當下腳踏的土地開始。

青少年時代的也斯，由發現和閱讀《文藝新潮》等刊物開始，認識更廣闊的世界，六〇年代參加文社，開始在《星島日報．學生園地》、《中國學生周報》等處投稿，七〇年代主編《中國學生周報．詩之頁》，再與友人創辦《四季》和《大拇指》，他的作品「香港系列」詩輯、小說《剪紙》記錄

9 也斯，〈從緬懷的聲音裏逐漸響現了現代的聲音〉，收錄於馬博良，《焚琴的浪子》，香港：素葉出版社，一九八二。

10 同前註。

七〇年代青年的探尋，與往後我輩的探尋也有許多共通。一九七四年，他在《中國學生周報・詩之頁》發表〈北角汽車渡海碼頭〉，由種種徒勞的工作，如「在柏油的街道找尋泥土」開始，寫及城市的限制，再寫「對岸輪胎廠的火災」，也滿載他對本土的疑慮。最後兩節是這樣：

情感節省電力
我們歌唱的白日將一一熄去
親近海的肌膚
油污上有彩虹
高樓投影在上面貌
巍峨晃盪不定

沿碎玻璃的痕跡
走一段冷陽的路來到這裡
路牌指向鏽色的空油罐
只有煙和焦膠的氣味

看不見熊熊的火
逼窄的天橋的庇蔭下
來自各方的車子在這裡待渡[11]

斑駁的路途散落著碎玻璃的痕跡，我們也很不容易來到此境，城市的火災已熄滅，尚瀰漫煙燻燒焦過的氣味，「我們歌唱的白日將一一熄去」，也斯給我們留下的本土圖景，既是北角一境，也是我們共同走過的路。二〇一三年一月五日，與癌症糾纏三年的也斯告別人間，一月十四日，我前往位於北角英皇道的香港殯儀館給老師送最後一程，離去時回到北角街上，我腦際恍惚，一再想起〈北角汽車渡海碼頭〉和也斯給馬朗詩集寫的序，句子飄流街上，車子和人群衝擊字粒碎散，碎玻璃路上，也斯正等待我，把碎散句子接續。

11 梁秉鈞，〈北角汽車渡海碼頭〉，收錄於梁秉鈞，《雷聲與蟬鳴》，香港：大拇指半月刊，一九七八。

我的北角之夜

二〇〇四年十二月，我在如今已停刊的《文學世紀》發表了〈北角之夜〉一詩，有意沿用馬朗寫過的詩題，借用記憶與現實重疊的心緒，組織我的故事。二〇〇四年暑假，我完成了博士論文，正等待論文答辯，曾往臺灣臺中一趟探望幾位大學舊同學，回港後又重遇幾位中學舊同窗，其中一次，大伙人在其中一位同學的北角老家聚會，在那段回首又前望的日子，記著同學間的聚散，寫了我的〈北角之夜〉，頭兩節是這樣：

在車站等候的煙圈凝聚又吹散
夜蟲集結燈下，像聚會的朋友
陸續相聚一室，各自談話
有時誰人談起故事，吸引了眾人
拉一拉衣袖，一下揮手的動作
聆聽帶來的歡笑，連結的手

長髮靠在窗邊，轉身一看他人
注射的目光太靠近熱熾燈泡
墜落了，又一隻折翼的燈蛾

餘下三三兩兩在車站，我們知道
會有另一段談話在別處開展
一輛電車在對面反方向遠去
仍迴響車輪與路軌磨擦的聲音
教目送遠影的朋友說話斷續
囁嚅言語久未平伏。在這方向
另一電車駛近，我們的話仍沒有完

我們在八、九〇年代成長一輩，中學至大學時期經歷移民大潮，同學一度星散英國、美國、加拿大、澳洲、臺灣以至新加坡，部分求學，部分隨家人移民，至九七年後逐漸回流，但我們已很難再碰面，時代的離散衝破人倫，我們的小友誼或一點微小情感，本不算什麼，難得的是，舊同學間仍有共同話題、共同的成長經歷和氣質類近的上一代，我相信，這昔日的共同，也是一種地方性的共同。詩的接續至結尾是這樣：

附和這老機械的聲音
我們談起從前……從前
總有那麼多相近的節奏
像迴旋又迴轉的鋼琴曲
一人讀出鄉間細密的來信
另一人續以腳踏的停頓
用衣車織起連綿的談話
皺紋雙手稍稍眨動雙眼
把縫起的布慢慢推前一點

別過象徵永別的暗藍大字
迎來遊樂場般的細碎樂聲
在下一站，「從前」下了車

我們又接近了明天一些
門關上，我們沉默了一會
電車開行，仍有樂聲奏下去
但我們已找不到適當的言詞再說

火燒的霓虹招牌接續後退，在窗外
迎來了「現在」，現在忽而狂笑絕倒
忽而因一句話靜默，收斂了歡聲
朋友幽幽嗚咽，那是突發的哀音
還是自從前延續至今？
短髮看成了長髮，微暗靠在窗邊
載著三三兩兩零落了的言語
電車閃動了燈……替我們答話[12]

12 陳滅，〈北角之夜〉，收錄於陳滅，《市場，去死吧》，香港：麥穗出版有限公司，二〇〇八。

認清了許多事物，但總放不下變幻，北角，或者香港，無論怎樣變換形象，教我們錯認前塵，總有聲音驅趕我們向前望，像電車路徑；但它也不惜背逆時流，載舊人與我們相見。「我們處身在一個史無前例的悲劇階段，新的黑暗時代正在降臨」，忘不了馬朗的警示，電車載著前人詩句，也提供另一種溫婉的提醒，讓我們超越流變附帶的虛無。倉皇與希望，到底多少流光，多少幻象，關鍵仍在於足下的接續。

破卻陸沉：從芒角到旺角

至今日為止，旺角仍是九龍地區的書店集中地，多家樓上書店密集地分布在旺角的心臟地域——西洋菜街及奶路臣街一帶，且有它歷史的痕跡，都是我中學時代就開始流連的所在。田園書屋售賣全港最齊全的臺北志文出版社「新潮文庫」和洪範書店的「文學叢書」，又曾替本地文化社團售賣週日早場籌款電影。樂文書店的雜誌架曾是全旺角最齊全的文學雜誌擺放處，可覓得多種詩刊。

芒角村今昔

行人如鯽的街上，喧鬧總與寧靜相拒。

走在旺角最繁雜擁擠的西洋菜街和通菜街，很難想像昔日原是一片菜田。沒有人知道，最後一批芒角村民遷出時，對這片土地寄予怎樣的想像，村民當中，也許有人會擔心先祖遺下的村名從此消失，卻想不到那名字轉化為另一種文字，流傳至今。

我們已習慣使用中英文並列的街名和地名，有時覺察，有時也忽略了，二者之間的意義不完全等同。地鐵車廂廣播每天用粵語、普通話及英語給乘客提示：「下一站是旺角，The next station is Mong Kok」；「旺」粵音作wong6，漢語拼音（羅馬字拼音）作wang；無論用粵語拼音或漢語拼音，「旺」都不讀如mong，但事情的重點不在於「旺」字的拼音，十九世紀英國人或華人譯者使用Mong Kok一詞所翻譯的，本是旺角的原名：芒角。

旺角的古稱原來一直沿用，歷史痕跡未泯，只是沒有人在乎。鴉片戰爭前，香港轄屬於新安縣，據嘉慶二十四年（一八一九）重修的《新安縣志》

所載，「官富司管屬村莊」下有芒角村、九龍寨、深水莆、尖沙頭、九龍仔、土瓜灣、長沙灣、牛眠村、二黃店村等地名，皆九龍半島古村落，土瓜灣、長沙灣之名沿用至今，芒角村即今日之旺角。

在一八六六年由義大利傳教士繪制的《新安縣全圖》中，已有Mong Kok之名，中文標示為「芒角」。另據一九〇二年英國測量局繪印地圖及一九二四年英國陸軍部的修訂版本，顯示芒角村的建築聚落位置，約相當於今日彌敦道以東之旺角道至街市一帶。芒角村民為清初遷界再復界之後南遷香港的粵人（一說客家人），他們墾殖開拓農地，飼養家禽，約十七世紀末至十八世紀初建成芒角村。香港島割予英人後，村民把鮮花、蔬菜及禽畜從西南海角乘蜑民（水上人）的漁船運往香港島，該海角又名「望角咀」，有說法指「望角」源自蜑民的口音，為芒字之音轉，因此早期之芒角亦稱望角。

一八六〇年北京條約後，英人開發九龍半島，陸續在西面海域填海，並修築貫通界限街至尖沙咀的馬路，九龍半島逐漸城市化，芒角村原有的農地發展成工業用地、住宅、商戶和馬路，村落最終消失。二十世紀初，商人把該地從「芒角」、「望角」改稱「旺角」，但原有的英文譯名Mong Kok從未更改。

昔日芒角一地的痕跡，還可以怎樣追尋？建於一九二八年的中華基督教會望覺堂，位於西洋菜街與弼街交界，曾作為英華書院校址。望覺堂及其英文名稱Mongkok Church，保留了「望角」舊名，前身原為「旺角公理支堂」，與旺角一地淵源深厚。小小的古樸建築，至一九九七年終於拆卸重建為新的「望覺堂綜合大樓」。

彌敦道以東，豉油街至登打士街地域，昔日面積比廣華醫院更大的東方煙廠，二〇年代出產以El Oriente Fabrica de Tabacos為商標的木盒裝雪茄煙及煙絲，日軍占領香港期間，廠房設備遭搶掠一空，戰後廠地改建為大廈和街道，其中一處命名為煙廠街，算是一點小小的紀念。

在旺角尋找芒角的遺跡，份屬徒然。洗衣街、染布房街沒有溪流，花園街也不用多說，更沒有人會到西洋菜街和通菜街尋找菜田，我們已慣於歷史的割裂。數年前的城貌尚且無法辨認，沒有人會在旺角懷古，它的確不是一片容納歷史想像的地域。直至二〇〇四年，匪夷所思的鬧市出土文物事件，教旺角歷史之門，開啟了那麼一瞬。

二〇〇四年五月七日週五早上，工人在旺角山東街渠務工程地盤施工期間，發現一個「形似香爐」的陶罐，後來再出土三個大小不一的陶罐，警察到場後再請古物古蹟辦事處人員檢查，證實是古代文物，經鑒定後確認為四個保存完整的晉朝平底陶罐。該工地隨即停止動工，五月十日，由考古學家及義工到場挖掘後，陸續出土漢、晉、唐三代近二百件文物，包括漢代陶釜殘片、晉代陶罐、唐代灰窰殘件及各類缸瓦殘片和青磚。

超乎想像的旺角出土文物事件，一時哄動全港，記者爭相報導，考古學家及歷史學者眾說紛紜，有說旺角古代為海邊，文物為填海時從他處移入，而陶釜則為先民煮鹽器具；亦有指旺角古時多墳地，文物為陪葬品。學者專家建議繼續挖掘，但時近初夏，渠務工程地盤異味縈繞，商戶抱怨再三，工地很快恢復施工，城市考古實難持續。旺角文物曾在香港歷史博物館展出，很快就被遺忘。

七年後，二〇一一年七月三十日，近旺角火車站路軌旁之黑布街與白布街交界，諸聖堂之所在，水務工程地盤外，一名市民偶然發現在工人掘出的泥堆中埋有古物，警方接報後，再請古物古蹟辦事處人員檢查，鑑定為清代晚期痰盂。

兩次出土文物事件，引發旺角的歷史想像，但我們可以找到什麼？在我讀中學時代，我們只透過中國歷史教科書的近代史部分大略知道，香港於十九世紀由於鴉片戰爭，由清廷割讓予英國，其後的事則不甚了了，且愈近代的事情愈不清楚。有關香港史的一切本不在教學範圍內，考試更不會考。但學校不教不等於我們不知，我們這一代憑藉些許自習時間和興趣，閱讀魯金等人編著的《香港掌故》、羅香林著的《香港與中西文化之交流》、劉蜀永著的《香港史略》、葉靈鳳的《香港方物志》、關禮雄的《日占時期的香港》、王庚武主編的《香港史新編》等著作，知道二〇年代有海員大罷工和省港大罷工、魯迅和蕭伯納來港演說、四〇年代有東江游擊隊的抗日活動和拯救文化人的行動，這些歷史，學校從來不提，我們自行尋找香港史著述和民間掌故，一點一滴地認識香港史，但史料還有許多空白，所知總不成系統。

憑著舊地圖的標示，我們大略得知芒角村的位置，但昔日的芒角村民是如何被驅散？芒角村如何被毀，建設成現代的馬路和大廈？歷史也茫然不知。王充《論衡．謝短篇》有云：「夫知古不知今，謂之陸沉，然則儒生，所謂陸沉者也。《五經》之前，至於天地始開、帝王初立者，主名為誰，儒生又不知也。夫知今不知古，謂之盲瞽。《五經》比於上古，猶為今也。徒能說經，不曉上古，然則儒生，所謂盲瞽者也。」古以「陸沉」喻解隱逸，此作昏聵糊塗之喻，「盲瞽」一詞在此喻作愚昧無知、是非不辨。我們到底是陸沉還是盲瞽？關鍵在於歷史的蒙蔽。旺角是古今不明的憂傷的城，旺角是小小的歷史迷離的城。

借來的旺角

「這是旺角。這裡有太多的行人。這裡有太多的車輛。」[1] 劉以鬯在一九七二年發表的小說〈對倒〉中，一連用了兩個「太多」來描述旺角。是的，已經太多，不能再多了，一九七二年的旺角就已經有「太多」行人，劉以鬯和旺角居民都想像不到，這片已經有太多行人的小城，八〇年代更擁擠，九〇年代依然太多，二〇〇〇年代變本加厲地擠，到如今二〇一〇年代只能說，擠得不成樣子了。

每天與大量中國遊客、外籍旅客、本地過客、購物者、商販及其工人爭

1 劉以鬯，〈對倒〉，一九七二年十一月十八日起在香港《星島晚報》連載，一九七五年修訂版刊於《四季》第二期，單行本一九九三年由北京文聯出版公司出版。

逐街角方寸之地，旺角居民作何感想？幾乎沒有任何紀錄，只有《對倒》的主人公淳于白，一名旺角過客替居民留下一點「太多」的感謂。但那始終是七〇年代的描寫，到今天二〇一〇年代，擠迫情況遠不能用「太多」來形容，真實情況是一種災難，或一種想像不出的災異。

《對倒》中的淳于白從港島坐海底隧道巴士到九龍，下車的地方就是旺角：「旋轉的餐廳。開收明年月餅會。本版書一律七折。」劉以鬯用他熟練的意識流手法描繪眼底下的小城，一個拼貼而成的、近乎虛幻而不真實存在的城。然而一切都是真實的，「旋轉的餐廳」就在彌敦道滙豐銀行大廈隔鄰的胡社生行頂樓，是一個外形獨立如太空飛碟的圓形建築物，餐廳內環狀地臺沿著窗邊緩緩轉動，坐在卡座可盡覽差不多整個九龍半島。「月餅會」大概是指瓊華酒樓和龍鳳大茶樓，「本版書一律七折」則描述旺角的書店。

淳于白在彌敦道逛了一會，走進一家南洋風味餐廳吃飯，之後再到鄰近的電影院看了一齣西片，坐在年輕的旺角少女阿杏旁邊，他望了阿杏一眼，阿杏報以厭惡的神色。散場後，本不相識的二人各自走向相反的方向，淳于白回到巴士站，登上另一部過海巴士，離開了旺角。

淳于白的旺角之行，如同一次懷舊之旅，但不同於一般懷舊，是一種間接的懷舊：旺角讓他想起昔日的上海。旺角也是他暫時閒逛、吃飯、看電影的所在，他對於旺角來說，是一名雙重過客。旺角少女阿杏又如何？她不屑眼前事物，想像一天自己中了馬票，離開旺角，搬去港島半山居住。在小說中，旺角猶如香港的縮影，無論中年南來者或本地青年，皆視之為暫時、過渡的所在。旺角的紛擾、擠迫和各種買賣，尤其凸顯她的臨時地域性。

劉以鬯借旺角凸顯他心目中的香港：對外來者和本地人來說，都是缺乏歸屬的所在。由此，旺角也參與構築小說那有關「對倒」的近乎詩化的主題，表達兩種相連又相反的事物，有著接近又疏離的關係。旺角就這樣在那殖民年代，作為香港那暫借、過渡之地的一點微小的表徵；旺角是一個拼貼而近乎虛幻的城，旺角是小小的憂傷的對倒之城。

如果可以由我續寫，小說的時空延展下去會怎樣？我總想像，少女阿杏始終沒有中馬票，後來嫁給了她原先所討厭的阿財，仍住在旺角。許多年後阿杏從母親遺物得知自己原是芒角村民的後代，然而九〇年代中，由亞皆老街至山東街的一整段上海街清拆，計畫改建為大型購物商場「朗豪坊」，剛開始認同所居之社區、接受自己是旺角居民的阿杏，被迫遷出居往多年之地，她有點不捨，但也難以反抗些什麼。朗豪坊建成後，中年婦人阿杏，與垂垂老矣的淳于白在商場自動電梯一上一落之間打個照面，互報冷漠、麻木與無力的神色，一如每個久被分化的、無從建立歸屬的香港市民。

書店花樣年華

至今日為止，旺角仍是九龍地區的書店集中地，多家樓上書店密集地分布在旺角的心臟地域——西洋菜街及奶路臣街一帶，且有它歷史的痕跡：已消失或已搬遷的包括南山、五車、洪葉、文星、東岸、貽善堂、實用、復興、精神、學峰、紫羅蘭；仍健在的有田園、新亞、樂文、學津，這四家書店至少經營了二、三十年，都是我中學時代就開始流連的所在。田園書屋售賣全港最齊全的臺北志文出版社「新潮文庫」和洪範書店的「文學叢書」，又曾替本地文化社團售賣週日早場籌款電影。樂文書店的雜誌架曾是全旺角最齊全的文學雜誌擺放處，可覓得多種詩刊。新亞書店以相宜價格售賣文史舊書，打從中學時代起，我在新亞覓得大量古典文史典籍和新文學原版及翻版書，有如我的文史知識湧泉。我看著它們及其職員或經營者——也許它們也看著我，在翻書覓書、在書架孤獨的漫遊間，暗暗消逝了年華。

在旺角西區，上海街是另一處歷史悠久的書店街，俊人書局、陳永泰書局和陳湘記書局，都是地舖，書種包括風水命理、飲食家政和史地文藝，也兼售文具，西洋菜街的實用書局也屬這類型，這本是香港傳統書局的本色風格。上海街近豉油街一段，教許多人印象深刻的，還有一家賣舊書的兒童書店，一捆一捆的舊書在店內長年堆積如山，人們根本無法入內，店主每天把部分書刊擺出門外，後期以繩索把書刊懸掛在半閉的鐵閘上，人們只能挑選門外擺售的書，由於店內書山愈堆愈高，早已完全遮蔽了招牌，以至許多人不知書店名字。

我造訪兒童書店，時維八〇年代，店主是沉默寡言的老人，有時坐門外打盹，要買書得把他喚醒。許多年後聽前輩說起，才知那老人大有來頭，本是書業界老前輩，人稱「何伯」或「何老大」，一九四九年以前在中國大陸主持過商務印書館汕頭分館，五〇年代來港，在港九不同地區開設書店，後來固定在上海街。何老大的書山是七、八〇年代上海街的「地標」，教許多人印象深刻，大約在八〇年代末，老人結束了書店，確實日期沒有人知道。

上海街近山東街一段，有一家專售日本漫畫中文翻譯版書，位於二樓的豪生書局。七〇年代中至八〇年代中，報攤售賣很多本地和日本翻譯版漫畫，也常見豪生書局出版的日本漫畫，印象深刻的有《愛與誠》、《青春山脈》、《男組》、《七金剛》、《海商王》等等，都是較寫實的「劇畫」風格漫畫，有些隔一、兩週逐期在報攤發售，錯過期數的話可以到上海街的門市補購，我記得每本書後有這樣的宣傳：「最動人的故事！最動人的結局！每冊一百九十二頁只售兩元！」後來當然不只售兩元，但在報攤擺售也經常錯過，我便按址前往上海街門市補購，記憶中該店位於兩個相連的住宅單位，存書有的可以單售，有的只可一整套買，我每次都匆匆選好漫畫後，趕快付款離去，因為女店主對只問不買或翻閱書本良久者，必報以厲聲喝斥，教人心怯。

除了僅餘的田園、學津數家書店，在今天的旺角幾乎找不到其他延續的歷史，俗稱「女人街」的市集，認不出哪一個是延續昔日的攤檔。俗稱「雀仔街」的康樂街已消失在朗豪坊的肚裡，俗稱「波鞋街」的花園街即將重建，五〇年代興建的伊利沙伯體育館剛已拆卸，亞皆老街的先施公司早已結業，僅餘下先施大廈之名，旋轉餐廳、皇上皇、大大百貨、大元百貨、瓊華酒樓、大華國貨、中僑國貨、麗聲、凱聲、金聲、文華、南華戲院一一消逝，近年連倖存多年的美而廉餐廳也結束了。誰要求它們不變？我們尚且多

旺角通菜街（女人街），2005

變，時代本應改變。

沒有人會在旺角懷舊，確實不太適合；唯獨書店或有一些例外。新亞、樂文幾度遷徙，田園、學津的位置卻與二十年前無異，學津書店連書架上書籍的分類也沒有改易過。樂文、新亞的氣氛感覺也仍保留往昔一二。人面更迭，書店是年華的記認。

還有九〇年代開業的榆林、二〇〇〇年代開業的綠野仙蹤、博學軒、梅馨、紫羅蘭、序言、開益，他們都有吸引腳步停留的魔力，有段時期，我下班後總要到書店走一趟，有時在街上無處可往，也必到這些書店一家一家地流連，有時不為什麼，就只想吸一下店內與書化生融合的空氣，憂傷時不致消沉下去。旺角是擠逼、被輕蔑、沒有自我、不懂抗爭的城，旺角也是小小的憂傷的書店之城。

船就是家

沿山東街向西行至海邊，昔日的芒角咀，一九二四年建成了旺角碼頭，緊接油麻地避風塘北邊，山東街西段是由碼頭往返彌敦道及市中心的要津，小販攤檔林立。一九七二年旺角碼頭停用，交通要津痕跡仍在。在我小時，父親曾帶我由旺角的住處出發，經山東街轉入海皮，到避風塘探望一家漁民。

大概一九七八年，父親與母親搬到旺角新居不久，我和哥哥仍在油麻地與祖母同住，經常往返於油麻地和旺角，持續了五、六年，很熟悉兩區之間的路。一九七八年十二月，油麻地艇戶醞釀向政府請願爭取改善環境，我已忘了父親是為了跟進事件的後續採訪工作，還是替他的社團去探望漁民，我只記得那一晚是聖誕前夕，氣溫很冷，大約只有攝氏十度以下，海風蝕骨，卻總激起初生的意志。

父親與漁民夫婦商談事情，漁民之子，約十四歲的少年帶我經過一段木梯到船艙內，是他的起居房間，我第一次見到各種新奇的漁民用具，昏黃而微微搖晃的燈泡下，有一些漫畫和書報，此外還有我熟悉的事物：一臺小型黑白電視機，正播放新聞報導，之後是無線電視臺最著名的綜藝節目「歡樂今宵」聖誕慶祝節目。

當時我九歲，與那漁民少年談漫畫、談出海和上學的事情，談得很投契。「歡樂今宵」的晚安歌後不久，父親與漁民夫婦談完事情，要帶我離開了，漁民少年找出一張聖誕咭，簽了名字送我，就此分別，小朋友的分別是不會再聯絡的，他送的聖誕咭保留了數年，搬家後就遺失。一九九五年，受懷舊和追溯歷史的時代氣氛感染，我寫了以下一首詩：

船和家

記得你的家在搖蕩裡
風靜的晚上
向我談起苦澀的海水
帶腥味的魚以及你們
睡覺時從一端搖到另一端

有時帶著滿載的魚獲回歸
風靜的避風塘
你說你還是要再出海
闖入帶幾分危險的生活、汪洋

但今夜泛黃燈泡微微搖晃
你也享受這安詳
房間內各種新奇物件此刻安放
也承認這是值得珍惜的一刻

收音機播出時代曲
新聞報導及新聞背後
所透露的氣溫與風力之變化
木板上有書刊，你略讀那些
細小的、不安定的文字
扭曲的電波，電視機苦澀的影象
彷彿也是個帶腥味的世界

大人們在下面商討些甚麼
沉沉地說著大事或瑣事？
都不在你我掌握之內

最後你簽一張聖誕咭送我
可惜後來搬家時遺失
殘缺記憶略去名字就只有這些
咭上不是慣見的香港落日歸帆
而是一個家
一條船
在海上冒大小風險作業的船[2]

是的，我記得漁民少年送了印有落日歸帆圖像的聖誕咭送我，船對他來說，就是家，他珍視這圖象，並希望我記得那船就是家的意義。我們慣見的，常被政府用作宣傳香港旅遊的帆船形象，遠遠無法概括那漁民少年對船的情感。政府的宣傳語言總是順應經濟價值、市場價值，多年來，我們的文化、我們的形象和情感就這樣被簡化。

九七回歸前的那幾年，我們更恐懼歷史將要被抹殺。拒絕簡化後，還須

2 陳滅，〈船和家〉，收錄於陳滅，《單聲道》，香港：東岸書店，二〇〇二。

建立對簡化的抗衡，但我們可以找到多少抗衡的資源？我們這一代人對香港的歷史、香港的文學有多少認識？時間不多，更弔詭地開始倒數，時代的催迫對每一個時代的人都是一樣。

歷史殘缺、記憶鏽蝕，寄願文藝在殘破、不合時宜間，竭力保留一點地方與人群化生結合的情感，我願意相信，漁民少年和童年的我，都盼望這倖存情感，也包括破卻「陸沉」與「盲瞽」的歷史態度。

高山搖滾超簡史

由一九八三至一九九三年的十年間，歷經《音樂一週》主辦的幾屆From the Underground等等事件的洗禮，以及Beyond、The Martyr、...Huh!?、AMK等樂隊的演出，改建前的高山劇場，成為樂迷眼中的搖擺和獨立音樂的搖籃和聖地，一說，是香港的胡士托。香港先民曾在此開山闢石，墾殖播遷，可以想像，石礦爆炸有如殖民史上的宇宙大爆炸；八〇年代的高山劇場建成，亦有如一次使香港搖滾復興的宇宙大爆炸。

導論：宇宙大爆炸

高山劇場建於一九八三年，劇場原址連同附近樂民新村一帶，昔名為「石山」，早於世紀初已有工人開採石礦，部分採石工人本由廣東惠州一帶來港。四、五〇年代之交，內地政局動蕩，難民避居香港，房地短缺，港府遂於石山一帶搭置木屋及石屋平房以安置難民，至六〇年代清拆臨時屋村，七〇年代初改建成今日之樂民新村。新村以南一帶，仍有礦坑廢置多時，一九八二至八三年，港府把廢置的礦場礦坑，建為高山公園及高山劇場。

高山劇場之建，源於港府似有還無的文化政策，因應八〇年代的經濟發展，以「硬件」發展表演藝術——透過市政局及區域市政局，掀起香港殖民史上最密集的文化場館興建潮：荃灣大會堂（一九八〇）、伊利沙伯體育館（又稱「新伊館」，一九八〇）、香港太空館（一九八〇）、北區大會堂（一九八二）、香港體育館（又稱「紅館」，一九八三）、大埔文娛中心（一九八五）、沙田大會堂（一九八七）、屯門大會堂（一九八七）、牛池灣文娛中心（一九八七）、上環文娛中心（一九八八）等等，十年間在港九新界各區建造了十座會堂，如同一次宇宙大爆炸。

除了六〇年代的香港大會堂和七〇年代的藝術中心，我們今天所用的場館，大部分都在八〇年代建造，「文娛中心」大多同時設於「市政大廈」之內，集小型放映院、劇場、圖書館、街市、熟食檔、運動場、政府辦公室於一身；稱作「大會堂」者，無論沙田、屯門或荃灣，皆擁有一樣的深啡色而無窗的外牆。它們的設計仿如雷同的星系，香港市民遠遠就可辨認。在種種共同當中，半露天的高山劇場，可說是當中一顆熾熱而略帶憤怒的小星。

高山劇場選址臨近峭壁，乘此地形，除一般室內觀眾席，特於後排上方另置半截高層看臺，懸於劇場後排，仿效古羅馬競技場，不設上蓋，與室內觀眾席之間僅設鐵閘分隔，使整個劇場呈獨特之半露天設計。當上下層觀眾席盡開，全場不設空調，薄晚風涼，上層觀眾觀賞演出之餘，攀月觀星，亦為勝事。

劇場座位不多，只開放室內部分時則座位更少，一般以較廉場租，吸引較為「民間」的演出模式，如學校學生音樂會、小劇場演出或社團集會，至於大型管弦樂團等演出，還是會選擇沙田大會堂等大型場館。對八〇年代至九〇年代初的香港搖擺或獨立音樂而言，高山劇場較小型及不便於高檔演出的半露天設計，反而成了搖滾的便利；事實上比起當時其他音樂會場地，如堅道明愛中心或窩打老道的大專會堂（九〇年代中因浸會學院升格而改稱「大學會堂」），高山劇場更適合作搖滾音樂會場地。八〇年代初的大專會堂其實也舉行過多次搖滾音樂會，包括外國組合如英國樂隊及樂人The Clash、The Pretenders、Ian Gillan等來港演出，但因個別樂迷的打鬥及破壞場地事件，大專會堂對搖滾音樂會的限制很嚴，諸如不准樂迷走到臺前等。

由一九八三至一九九三年的十年間，歷經《音樂一週》主辦的幾屆From the Underground、八五年的香港搖擺音樂節、重金屬同學會主辦的Dark Entry、香港國際獨立音樂節93等事件的洗禮，以及Beyond、The Martyr、...Huh!?、AMK等樂隊的演出，改建前的高山劇場，成為樂迷眼中的搖擺和獨立音樂的搖籃和聖地，一說，是香港的胡士托。香港先民曾在此開山闢石，墾殖播遷，可以想像，石礦爆炸有如殖民史上的宇宙大爆炸；八〇年代的高山劇場建成，亦有如一次使香港搖滾復興的宇宙大爆炸。

學校不教的事

高山劇場初建時的音樂會情況，我無緣得知，尚待高人補充，幸仍親遇

香港國際獨立音樂節1993之AMK演出場刊

其全盛期：一九八六、八七、八八、八九年連續四屆的From the Underground音樂會，我去了三次，記憶中一次比一次熱鬧。第一屆我自己一個去，至第二屆，我的同學也風聞其事，相約共往，第三屆同往者更多。這名為地下的音樂會，消息流通得很快，而有興趣於此的樂迷亦不少，原因與八〇年代的文化氣氛不無關係。

在大型連鎖式唱片店HMV和互聯網出現之前，樂迷買唱片是到大街小巷的唱片店訪尋，較大家的有彌敦道的新興唱片以及港島萬宜大廈的聯邦唱片，它們都有品種齊全的古典音樂及一般流行音樂唱片，而較另類的唱片可於旺角荷李活中心的節拍、助聽器；通菜街的發記、新時代；佐敦恆豐中心的精富、廟街的永富、精美等幾家唱片店找到。八五至八六年間，我陸續在那些唱片店覓得Joy Division、Bauhaus、The Mission等樂隊的唱片和卡式盒帶，也從張貼於門外的宣傳海報首次得知From the Underground音樂會的消息；而差不多同時，《結他 & PLAYERS》、《音樂一週》、《Monitor》、《TOP》、《年青人週報》也時有相關訊息，我的同學也各自從不同的刊物或唱片店以至二樓書店得知消息。

那是個多元文化的時代，沒有互聯網，卻總有方便的渠道流通各種文化訊息，或者說，我們都知道往哪裡一定可以得知訊息。在那時代、那城市的好幾處角落，總能獲知學校不教給我們的祕密，那是我們的發現和互相通傳的去處，八〇年代的高山劇場，是其中之一吧。

八〇年代香港青年之間湧現組Band潮，琴行也紛紛把教室改建成Band房，因為連上古典鋼琴課的學生也不考皇家音樂院的考級試，走去組Band，成為Keyboard手了。Band房供不應求，琴行收租獲利甚於收生，土瓜灣的嘉林琴行、旺角先施大廈的總統琴行，油麻地的樂豐琴行等都是提供「時鐘」Band房的琴行，收費廉宜；要求專業器材的亦可到佐敦立信大廈的Mark One，不過許多樂隊的一般練習，尤其初次組合的中學生，因地點和租金的考慮，不少都會到旺角先施的「總統」。「總統」名為琴行，但根本沒有鋼琴出售，都以收生和出租Band房為主要業務。「總統」Band房共四間，分為大房、中房和細房，也提供簡單的錄音，甚至結他Effect（Boss牌腳踏）。

乘此便利，中學生、大專生自組無名樂隊不知凡幾，部分旋組旋結，也有部分持續好幾年，直至有成員移民，或者說，其實大部分樂隊解散的原因，在八〇年代，總是因為有成員移民。無名樂隊一旦技術成熟，有的參加香港結他大賽或嘉士伯流行音樂節，有的參與From the Underground或其他學界音樂會，他們的名字也被記著。部分以自資或由唱片公司出品自己的盒帶或唱片，包括「浮世繪」、「小島」、「凡風」、「Raidas」、「邊界」、「Fundamental」、「民間傳奇」、「民藝復興」、「City Beat」、「Cocos」、「Beyond」，一個一個名字出現在唱片店裡，部分成為商業市場的一部分，由此，他們的歌有些也為了適應市場而作出不由自主的變化。

本地band sound唱片一時進入商業市場有多種原因，電臺和電視等媒介推動是原因之一，當時電視、電影主題曲和配樂，也有不少請來本地樂隊主理。但我認為，在商業運作以外，前述的刊物、唱片店和相關樂評人的引介、樂手的自主探索和樂迷的渴求所共同建立的音樂文化，才是一切的根本。

列傳：From the Underground

第一屆From the Underground於一九八六年十二月中舉行，事隔多年，演出者不太記得，音樂類型包括gothic、heavy metal、art rock則印象深刻；十二月冬夜，半露天劇場內，陰冷的gothic搖滾聽來特別徹骨。玩art rock的至少兩隊，樂曲以結他和Synthesizer多段的過門間奏為主，歌唱部分只為副。

每隊樂隊出場時必先調校樂器，總有零星刺耳卻熟悉甚至親切的feed back回聲，整個八〇年代一整輩的青年就在這樣的不安中帶著自己的期待去訪尋新事。然後有巨大的聲音，比一臺調至最大音量的唱機更巨大多倍的聲音，鼓、鈸、結他破壞性的超速電音、Bass沉雷般的續奏，歌手以其僅見於臺前的歇斯底里，或與日常無異的迷茫頹廢，招引所有失落的人：憤怒青年、慘綠少年，一個一個湧到臺前，拾回一二可供拼貼的碎片。

第二屆是一九八七年，再而有一九八八和一九八九兩屆，From the Underground記錄了八〇年代那憤怒而不安的時代氣氛。但是，八〇年代是個怎樣的世界？新聞、政治、教育、公共事務，都是不透明的，成年人趕赴移民，他們填表格、排隊見領事、執拾行李、吵嚷家庭，結局總比他們所憂慮的「香港前途問題」更不明朗。青少年則尋求更廣闊的去處，三三兩兩穿著一身黑衣，在尖東、在roller場，也在Band房、在高山，組成不同的社群，彼此連結，或暗中相抗，在一個年代消失以前、在同人未知的傾軋、離散以前，留下一、兩片音樂會的入場券作紀念。

列傳：Dark Entry

高山劇場的出口很易辨認，即使它的後臺，那直接通往世界的閘門碩大而廣闊，通往世界的出口原是這樣。但當離開劇場，轉到高山公園蹓躂，卻真的不容易尋回出路，那通往世界的出口，又似這樣被關閉了。

一九八九年一月首屆Dark Entry由「重金屬同學會」主辦，九〇至九三年間再辦了多屆，首屆演出隊伍包括Octavian、The Martyr及Zion。Dark Entry比From the Underground有更多Heavy Metal元素，總有巨大的聲音，離開劇場後，至少在首半小時內，耳際仍然縈迴著龐大聲響——一種由擴音器堆疊起來所發出的巨響，嗡嗡溫溫的在耳間久久不肯消散。我知道，九〇年代就這樣被他們開啟了部分的入口。

列傳：別了，摯友

沉溺於巨大的聲響，只因它潛藏著靜。一九九三年七月廿四及廿五日，

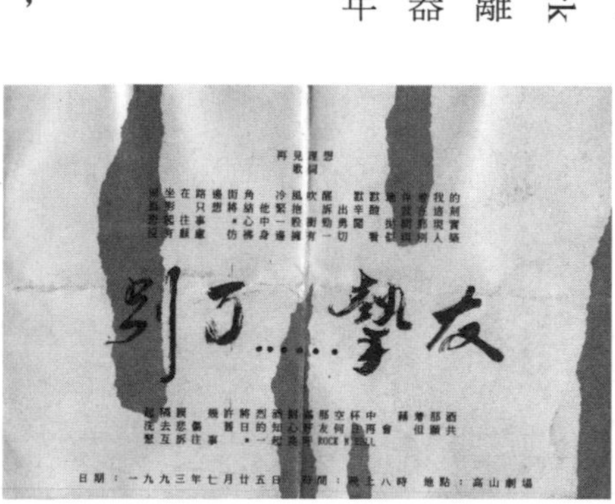

「別了，摯友」音樂會，1993

高山有連續兩天性質相近而名字不同的音樂會，廿四日是第四屆的Dark Entry，緊接的廿五日是搖滾樂手為紀念黃家駒而辦的「別了，摯友」音樂會。演出者有Rattlers、Black & Blue、Third Party、Minimal、舞佑、...Huh!?、民藝復興等，各隊皆以他們的編曲方式重新演繹Beyond舊曲，最後是各隊一齊出臺合唱《再見理想》。

音樂會的原本名字似乎是叫「別了，戰友」，聽說是籌辦者聽錯電話語音而用了「摯友」一詞，主辦單位非常緊張，音樂會開始前，特地安排工作人員到觀眾席逐一收回觀眾手上的入場卷，強調音樂會應稱為「別了，戰友」，但我留下的場刊仍有「摯友」之名。

列傳：香港國際獨立音樂節

一九九三年九月三至四日，為期兩天的香港國際獨立音樂節，有本地也有外國樂手演出，星期五晚演出的是AMK、Third Party、Andy Ingkavet & Hot Sauce、...Huh!?、天鼓及大友良英，星期六晚有Xper.xr、Dancing Stone、民藝復興、Old and New Things、劉以達 & friends、Gerogerigegege

等。

星期五晚的AMK是第一隊出場，開始時花了一點時間處理器材問題，解決後唱了《吹波糖政治》、《*I Don't Believe you*》和我最喜歡的《納粹黨勇戰希特拉》。AMK是全晚唯一唱中文歌的樂隊。Andy Ingkavet（即Andrew Ingkavet，至今仍是活躍的音樂人）則演出Jazz Fusion，壓軸的是大友良英及天鼓（Tenko），以收音機音效、電子樂配合天鼓的人聲，結束在一片詭異的樂聲中。

音樂是精采的，但也無可避免地脫離一般人熟悉的方向，散場時，我聽得兩位場地保安人員狠狠地道出他們的憤怒和不耐：「X！唱到好似鬼叫咁！」另一位接曰：「唔塞住隻耳都真係唔X頂得佢順！」這是他們的搖滾。

週六晚的Old and New Things比較特別，以結他、trombone和敲擊玩奏介乎jazz及modern classic的音樂。Dancing Stone以人聲配以結他，前衛風格不下於大友良英及天鼓。玩工業噪音的Xper.xr是我繼AMK之後最欣賞的，可惜這世界的反應從來都只能一再證實，曲高無法不和寡。

列傳補遺

以上音樂會資料來自我當年日記的紀錄，遺漏在所難免。八〇年代高山劇場舉辦多次搖滾音樂會，據朱耀偉《光輝歲月——香港流行樂隊組合研究（一九八四—一九九〇）》一書所載，還有香港85搖滾音樂節（一九八五年七月二十七日）、小島 & Friend音樂會（一九八五年十二月六日）、節拍解放（一九八六年三月八日）、Alternative Rendezvous另類接觸（一九八六年九月五日）、86大核爆Rozza Band in Concert（一九八六年十月十日）、86 Pop Rock Show（一九八六年十一月二十八—二十九日）、爵躍高山（一九八六年十二月十四日）、反核音樂節（一九八七年七月十二日）、BEYOND超越亞拉伯演唱會（一九八七年十月四日）、黑鳥活此一生音樂會（一九八八年一月七日）、Band on Live（一九八八年一月九日）、The Martyr in Concert（一九八八年四月十六日）、節拍解放（一九八九年三月十一日）、香港獨立樂隊之夜（一九八九年六月二十八日）[1]等等。流光幻轉，這樣的歷史不知還有誰記念，幸有這樣的記錄，為我們留下跡印。

藝文志：文學與電影

一九八六年十月，與同學往旺角砵蘭街的文華戲院看電影《戀愛季節》，一開場就是高山劇場音樂會場景，Beyond唱《永遠等待》，飾演後臺工作人員的黃耀明在臺側拿著「煙機」放出煙霧（坐在戲院內也可嗅出記憶中的草莓氣味）。到張偉文準備出臺唱《遙遠的她》時，由於配合歌曲的幻燈機損毀一事，黃耀明認識了另一臨時後臺工作人員Icy（李麗珍飾），二人即興地為張偉文的歌唱演出舞蹈。音樂會結束前，Icy因事提早離去，黃耀明輾轉探知她的電話號碼，但無法打通，只知她任職於唱片店，陷入迷戀的他從厚厚的黃頁電話簿撕出相關地址部分，走遍港九大小唱片店去尋訪……

《戀愛季節》由潘源良導演，陳冠中、潘源良編劇，電影中的高山劇場是情感綻放、閃爍又迅速遮蔽的場所，在《永遠等待》、《遙遠的她》的歌

---

1 以上資料參朱耀偉，《光輝歲月——香港流行樂隊組合研究（一九八四—一九九〇）》，香港：匯智出版有限公司，二〇〇〇。

曲之間，黃耀明被Icy的氣質觸動，按捺不住凝望，那面容在變幻的燈光和煙霧間顯得格外吸引，但轉瞬又被使一切更吸引的煙霧所遮蔽，那吸引的所在同時也是遮蔽的所在，卻又由此遮蔽領受另一尋覓的呼喚。有時，搖滾的魔力實也略近於此。

藝文志：開口夢

從高山劇場走出，天色已很晚了，同伴看來比進場時更消頹。觀眾緩慢離去，後臺的閘門已打開，同伴的哥哥與同事正在收拾音響和各種器材，他看來也比剛見面時更累。我們抱怨歌手總是忘記或唱錯歌詞，累得伙伴們差點出錯，但見她默不作聲，我們都靜了下來，當所有人都靜默，嗡嗡溫溫的聲音更明顯地縈迴耳際，搖滾巨響過後的感覺那麼類同，每使我想起這樣的片段：

> 揚聲器不時發出刺耳的feed back回音，臺下滿布零星喧嚷，既興奮又帶一點不安的煩躁。突然響起了巨大的聲音，聽不清歌手在唱什麼，卻

好像在說：「這裡、這裡、這裡」，許多觀眾變作被招聚的遊魂，紛紛湧到臺前，要抓住那巨大的聲音。到電結他過門獨奏時，又好像在說：「那裡、那裡、那裡」。就是那巨大的聲音，在日後長期持續，把我們擺盪在「這裡」和「那裡」。當結他聲變得低沉，有時自遠而近，如救護車聲聲嗚咽，臺前的觀眾稍稍平伏，有些站在外圍的開始轉身返回座位；而我們站在原位的更被那低沉的嗚咽牽引到場館之外，看見公園裡聚在街燈下圍觀棋局的老伯、盪鞦韆的兒童，看見街上層層疊疊的顏色，又一張新的海報要貼在舊的海報之上，同時被撕破的片片面孔和文字，從工地圍板脫落，踉蹌地滾動至街心，被一輛貨車重重輾過。[2]

經過一九八九和一九九七，我們的青春也這樣被時代重重輾過。「樂聲奏起，一隊樂隊在前臺組成了，樂聲結束，那樂隊隨即解散。」這不是小說用語，而是我親眼見過的現實。一九九四年，高山劇場關閉，進行改建工程，其實是整個拆去再重建，直至一九九六年工程完成，重新開放。昔日面

2 陳滅，〈開口夢〉，《作家》總第二五期，二〇〇四年四月。

貌了無痕跡，但我們尚且多變，世界也無法停留。

不同時代都有搖滾，沒有高下之分，只有技術有高下之別。音樂是一種美，搖滾教我們看穿假象。假象不美，假象令人作嘔生厭，但有時竟和美融合，這是悲哀的。你也同樣歷經掙扎才竭力從假象中分割出，浪蕩多時，卻已逐漸知道，將難以擺脫假象。年華飛逝，你或將無可避免地成為假象的一部分。還可以掙扎嗎？還可以看穿嗎？還有什麼好寫？誰在乎記錄、情感和覺醒？不如由它？誰在乎假象是否假象……

「我們的歌，總是唱了大半，就沒有歌詞。……『原來唱錯了！』於是我們返回一切的最前段，重新開始另一種生活。」[3]

3 同前註。

虎地的學院和魑魅

學院所在及鄰近的土地，稱為「虎地」，有虎地村民世代居住。這名稱有何來歷？一說是這裡真的曾出現老虎。香港多山，樹林茂密，曾是華南虎棲息樂土。另一說法是堪輿學上，稱臨近險要多石的山邊一帶為虎地，利武將、行軍或主出門。……不過香港地名本有不少與老虎有關，九龍有「老虎岩」（今樂富）、大嶼山有「老虎頭」、大澳有「虎山」，還有屯門虎地以至港島赤柱附近，均有稱為「老虎坑」的地方。事實上，香港一地確曾出現老虎。

虎地難民營

第一次乘車到嶺南大學那年，它仍名為嶺南學院，從港島司徒拔道遷到屯門一年多，校舍興建工程仍未全竣工，校外四周則為大片空地，沿圍牆走至大門，聽不到任何聲音，除了學院自己的聲音。

學院東面是急遽傾斜的山，在並不很高的地方，零星地布置幾個山墳，很整潔地用白石築成圓形，中央有大圓點。學院沿山邊坡地而建，蓋東面高西面低，中午過後，仍見烈陽照入校園中央，新生的建築如錦華初發，照眼欲流。但如斯光景入我眼中只得一年，其後學院正對面的空地開始動工，興建私人住宅屋苑，開始把陽光，從這片初生的學院地，移到別的地方去。

那時經過學院的巴士，班次十分疏落。下班時間，守候良久的學校職員、學生、建築工人列隊擠上車廂，工友們安坐後閒談之間，不怨姍姍來遲的巴士，卻用他們一生中最憤恨的話語，你一言我一語地，紛紛詛咒學院飯堂的食物，怨毒詞彙之豐甚於一般粗言，飽歷滄桑的工友們，憤恨卻又訝異於，食物原來可以令人難以忍受至如斯地步。

嶺南大學一景，2005

學院的前身是難民營。我的意思是，學院所在的位置，從前是個難民營。七〇年代末至八〇年代中，每年都有二千至三千名越南難民抵港，香港政府先後在港九新界多處設立難民營，在屯門區便有三處，包括望后石、新益和虎地，其中以位於虎地村附近空地的虎地難民營收容最多難民，根據一九八九年的調查數字是四千一百八十七人，而營內原本可容納的最多人口卻只有二千九百人。

一九八七年，西西在《八方文藝叢刊》發表小說〈虎地〉，寫的正是屯門虎地禁閉式難民營的情況，小說的開首是這樣的：「鐵絲網上掛著一塊木牌，白底黑字，寫著：虎地禁閉營。」[1] 圍繞禁閉營的鐵絲網最先吸引西西注意，小說由鐵絲網開始，由鐵絲網結束，更由鐵絲網引發出不同的思考：整篇小說寫的是不同位置、不同程度的鐵絲網，包括難民營內外的鐵絲網、動物園的鐵絲網、國家邊境的鐵絲網，以至生自人們內心的鐵絲網。由一個現實中的鐵絲網開始，〈虎地〉寫出禁閉的現實環境、政治的限制和陰暗，

1 西西，〈虎地〉，原刊香港《八方文藝叢刊》第五輯，一九八七年四月，收錄於西西，《手卷》，臺北：洪範書店，一九八八。

最終延伸至精神世界的鐵絲網，那才是真正無法逾越的：「鐵絲網的意思永遠是行人止步。」2

如果小說繼續寫下去會怎樣？虎地難民營，隨著國際氣候和港府難民政策的改變，從禁閉營轉為開放營，難民們一度在屯門區就業，屯門區議會曾委託港大及香港城市理工學院（現為香港城市大學）三位學者進行調查，著成《有關在屯門開放營內居住的越南難民就業情況報告》一書，結論是越南難民為本港提供非技術勞工，有利本港經濟。另據一九八八年《屯門星報》記載，政府曾考慮在虎地興建第三家大學，但計畫被否決，且以難民問題未能紓解，虎地難民營運作期更須延長三年。第三家大學即香港科技大學，最終選址清水灣。虎地難民營後來也清拆，原址及鄰近土地，小部分撥作嶺南學院建新校園，其餘大部分作興建公共及私人屋苑用途。昔日難民營的鐵絲網，已變作一列一列木圍板，分隔不同工地，分屬虎地一帶各家地產商所有。

一九九九年，學院正對面的私人屋苑疊茵庭落成入伙，同年嶺南學院升格為大學。二〇〇〇年，學院北面的公共屋苑也落成，其名「富泰村」相信來自「虎地」的變音，具所有屋村必備的商場、酒樓和快餐連鎖店等，也由這年開始，途經學院的巴士路線重組，以人流預期增長，班次亦開始增加。在富泰村與學院之間，尚有多處工地隨時動工，最接近學院一處，正介乎學生宿舍與教學區之間，把宿舍從學院的東北角分隔開。二〇〇二年春，工地開始動工，打樁聲震撼全校，這座學院很快就會完全被屋苑重重包圍，附近再沒有空地。學生開始發起運動，抗議政府規畫混亂，漠視學院長遠發展，又要求地產商停工，學生在校園舉辦論壇，地產商派出公關職員出席發言，對於要求停工的答覆是，關注同學所受到的噪音問題困擾，他們將會在考試期間暫停施工。

華南虎化身

學院所在及鄰近的土地，稱為「虎地」，有虎地村民世代居住。這名稱有何來歷？一說是這裡真的曾出現老虎。香港多山，樹林茂密，曾是華南虎棲息樂土。另一說法是堪輿學上，稱臨近險要多石的山邊一帶為虎地，利武

2 同前註。

將、行軍或主出門。虎地一名，源於風水學說或曾現虎蹤，未有確實考證，以地勢觀之，虎地東面山勢陡峭，又多岩石外露，以地形肖虎而得名是有可能，至於虎地是否曾現虎蹤，暫時未見文獻提及，不過香港地名本有不少與老虎有關，九龍有「老虎岩」（今樂富）、大嶼山有「老虎頭」、大澳有「虎山」，還有屯門虎地以至港島赤柱附近，均有稱為「老虎坑」的地方。事實上，香港一地確曾出現老虎。葉靈鳳《香港方物志》收錄〈香港的老虎〉一文，提到戰前在新界多處以至大嶼山和港島赤柱都曾出現老虎，更有西人上山打獵而獵得老虎。

老虎懂水性，葉靈鳳指大嶼山和港島赤柱的老虎都是從新界渡海過去的。《香港方物志》不但記載香港所見的草木蟲魚鳥獸，且強調牠們與中國大陸的關係。葉靈鳳筆下的香港風物都具有中國淵源，老虎亦不例外，〈香港的老虎〉一文起首便強調香港所見的老虎都是從中國南下的：

> 牠們攀山越嶺而來，目的乃是冬季旅行，因此在香港不會停留很久，大都在新界的粉嶺、上水以至沙田之間停留三五日，然後又飄然遠引了。[3]

《香港方物志》是香港風物掌故，也是耐讀的散文，然而在這兩層意義以外，該書還有更深一層意義，正如葉靈鳳在《香港方物志》初版的〈前記〉所說：

這不是純粹小品文，也不是文藝散文。這是我的一種嘗試，我將當地的鳥獸蟲魚和若干掌故風俗，運用著自己的貧弱的自然科學知識和民俗學知識，將它們與祖國方面和這有關的種種配合起來。[4]

《香港方物志》全書各篇文章都曾在一九五三年間的香港《大公報》，以專欄形式連載發表，把〈香港的老虎〉一文，特別是老虎攀山越嶺南下一段，放回五〇年代的《大公報》上閱讀，不難領會作者寄意。且不談意識形態上的對峙，五〇年代確曾為無數內地來港一輩帶來經驗

3 葉靈鳳，〈香港的老虎〉，收錄於葉林豐（葉靈鳳），《香港方物志》，香港：上海書局，一九七三。

4 同前註。

斷裂和流徙、離散的傷痛，葉靈鳳似有意為當年眾多「旅港」、「僑港」的一代，在經驗與文化的斷裂中帶來一點慰藉：既然《香港方物志》中的香港，風物掌故與中國密切相連，也許中國文化亦未嘗不可以在南方一隅的香港延續。在二十世紀中葉前後數十年，香港一直是內地人民南遷據點，幾代人彷彿華南虎化身，他們南遊、避亂、興學，從寓居最終落地生根，在匱乏中拓殖、在重重限制中掙扎出新的可能，寫下一頁一頁甘苦交集的二十世紀遷徙史。

學院的警號

幾乎每一個香港居民都飽嘗遷徙的滋味，上一代自中國大陸輾轉遷到香港，下一代免遭離亂，卻也由於舊區拆建和無根的政策，許多人一再經歷「城內遷徙」，難以建立地方認同，如李智良所說：

> 人們說，會對某個某個地方「有感情」。我沒有。回憶的憑證，拆的拆、蓋的拆了再蓋。有誰要是帶我到屯門一趟，我一定悲從中來，一代

開荒牛以後是派往另一代的耕牛，而且土地因為單一種植而愈益瘦脊。
除非，憎厭一個地方也算作「有感情」。[5]

屯門市區像新界許多地方一樣，是香港政府在七〇年代著力發展的「衛星城市」之一。由一九七一年起，港府在屯門移山填海，先後興建多項公屋和居屋，大量人口亦從九龍市區陸續遷入。李智良所說的「開荒牛」是指八〇年代初，政府發展屯門市，透過編配公屋政策，把大批市區居民遷往屯門。由於缺乏人文社區生活，各處衛星城市近乎倒模複製，商場式消費設計尤其惹人詬病。

除了本有的村屋原居民，屯門居民大部分屬外來人口。一九九五年開始遷入屯門的嶺南學院，亦經歷不同時期的播遷。嶺南學院源自廣州的嶺南大學，抗戰時代曾一再播遷。一九四九年後，因具教會背景而被迫停辦，原有校園變作廣州中山大學一部分。六〇年代，在香港的「嶺南大學香港同學會」、「嶺南中學校董會」及「嶺南會所」組成「嶺南教育擴展會」，籌畫在

5 李智良，〈徙居者眾〉，收錄於李智良，《房間》，香港：Kubrick，二〇〇八。

香港復建嶺南大學，經多年努力，終於一九六七年正式成立嶺南書院，一九七八年改稱嶺南學院，翌年起接受政府資助並廢除四年制，與香港大學、浸會學院、理工學院同為三年制大專院校。香港中文大學堅持四年制，但因港府通過《第三號報告書》，中大自九〇年代中期起也被迫轉為三年制，直至二〇一二年，各家大學才恢復四年制。

教育的制度，往往比教育的內容更複雜。就在二〇〇三年中，嶺大師生再受工地噪音困擾之際，港府公布大專教育改革方案，建議將大學分為教學型和研究型，再有大學合併之說，稍後又增大學削資之議，於是學生繼抗議地產商之後，發起更大規模的「熄燈行動」。

二〇〇三年冬夜，嶺大師生集合在校園中央廣場，等待八時〇八分來臨，屆時全校燈火熄滅，寓意按削資趨勢，資源緊絀的學院，恐怕將於二〇〇八年關閉。八時、八時〇一分，我經過靜坐的師生，走到校門下，身後有比燭光更應珍視、也更易熄滅的，騷動的憤懣的靈魂。八時〇八分，整片學院地的燈火稍稍眨動，然後完全熄滅。這所從廣州經歷戰火再南遷的學院，幾代人絃歌不輟，現在自行熄滅了自己的燈，發出戰後最沉重的警號。

像中年男子鬚根的鐵絲網遺跡

儘管學生抗議，地產商絕不會停止建屋，同樣，儘管學院「熄燈」，政府也不會收回削資之議，最終大幅削減各校經費，尤以較小規模的院校最受影響。西西的〈虎地〉早就寫及由於政府政策的更迭，教制度下的人們，不論是難民或管理員皆不由自主地，像浮草飄流：

還有，經費也要縮減了。我有幾個以前的同事，一直在啟德當護衛員，這個月底竟給辭掉了。為什麼？不不不，不是他們的工作表現不好，是上面的政策改變了，難民營不再僱用他們，要改用警察來監管。[6]

在西西小說〈虎地〉中，鐵絲網的意象一直貫串，小說從難民的飄泊寫

6 西西，〈虎地〉，原刊香港《八方文藝叢刊》第五輯，一九八七年四月，收錄於西西，《手卷》，臺北：洪範書店，一九八八。

到難民營職員的不由自主，最後是這樣：

鐵絲網也不知道是什麼人的發明，它真是一件奇異的東西，連妳，連我，也好像給它圍在裡面了。所有人站立的地方，都是鐵絲網圍著的小小的一片苦地啊。[7]

鐵絲網尤如制度的網羅，無論什麼時代下的人們，盡皆不自主。二〇〇四年初，學院展開了自己的擴建工程，學院外分屬各處地產商的建築工程也方興未艾，崎嶇捷徑取代了平整彎路，運泥車駛過翻起更多泥塵，建築的聲音有時龐大，有時比人聲微弱。螞蟻般的學生在學院內奔波於不同教室，人數與學生相若的建築工人則於學院外圍攀爬、開鑿、搬運，休息時在地面蹲坐、躺臥，有時飛揚地高論，有時低聲呢喃。我聽到他們勞苦與憤懣的聲音，彼此恍若同命之鳥；虎地的說話像黑色，虎地的歌唱像白色，但實際上只是灰色，在藍色的耳朵聽來都是一樣。虎地的工人中午時綠色，下午時青色。

沿校門圍牆走，仔細留意的話，可以看見草坡外圍一段被削平的舊牆腳上，仍殘留可能是昔日難民營遺下的鐵絲網痕跡。交錯而短小的粗鐵絲，像中年男子臉上，歲月印記一般的鬚根。繼續沿圍牆走過去，就在學院西北角圍牆外邊一方狹長土地，就是虎地村村公所花炮聯誼會所在，緊接士多茶座，再有一處墓地靜躺，源遠流長的虎地村民，就這樣持守先祖傳下的土地。八〇年代以來，臨時的難民營、從外面遷來的學院、新增的公屋和私人屋苑逐漸改變虎地的外觀；在一九九七至二〇〇四年，時而變化的教育政策，又像不斷新增的建築工地改變學院本身以及鄰近景觀，植披稀疏的虎地，就這樣在匱乏中接受拓殖，在限制中掙扎出不由自主的生長。

虎地的魑魅

二〇〇五年九月，在寫作課的導修堂上，我給學生的習作，是描寫學院及鄰近社區，學生許多都一面茫然，不知有什麼好寫。我請他們分組到處實地觀察再寫，自己再帶一組。時間不足以到鄰近社區，學院本身，又似乎真

7 同前註。

嶺南大學社會科學院大樓後門外的義塚涼亭，2005

的沒什麼好去了，學生們也這麼想的吧。想著想著，我近乎放棄原有想法，帶他們去了學校後山墳地，再不在乎他們最後會寫出什麼。

校園與後山墳地相鄰，穿越社會科學院大樓的後門，僅一徑之隔，便越過了學院的邊界，直達墳地。午後的墓園，不見陰森，但覺蕭索。涼亭和墓碑，盡皆失修欲墜，滿地雜草叢生，我們的去處，我們的情感，不也比歷史凌亂。

該地一帶原是一片荒塚，狐鬼傳說不息，一九二六年，村民與鄉紳、商號合資修建義塚，搜集遺骸，重新安葬，並另建涼亭，以便後人祭祀。進到涼亭內，牆的正中有一石碑，刻有〈麒麟圍建築義塚碑誌〉，因日久失修，碑文模糊難辨，以下勉強抄錄一段：

> 荒塚纍纍，無碑無碣，悉是絕嗣之墓，莫非失祀之骸。荒草迷□，竟為藏狐之藪，清明寒食，莫飛化蝶之灰，時而露冷霜□，……見者心寒，聞之毛悚。於是……搜集遺骸，恰成弍百，卜時安葬。[8]

碑誌右列多名陳姓村民及公司商號之名，日期署「民國十五年歲次丙寅

麒麟圍建築義塚碑誌，2005

仲冬」。查科大衛、陸鴻基、吳倫霓霞合編之《香港碑銘彙編》三大冊，以及蕭國健、沈思合編之《香港華文碑刻集．新界編》，皆不見以上〈麒麟圍建築義塚碑誌〉，其僻可知。

儘管後人遺忘，由此義塚之建，虎地鬼魂大概可以安息，但我們內心的魑魅又如何？聽學生說起，鬼故事不時在學生宿舍中流傳，我倒想知道，牠們是哪一時代的鬼，可願意與我內心的魑魅交談？我曾短暫歇息過的宿舍，窗戶正對幾處墳地，可惜我未曾在晚間留宿。

一九九七年九月，我結束了在香港中文大學的三年全職工作，考入香港嶺南大學中文系修讀碩士課程，當時嶺大仍稱學院，剛開辦碩士課程不久，而我是中文系第一屆招收的碩士生，同屆同學還有另一位，總共兩人，整所學院的研究生總共亦只有八人。碩士首年第一學期，我原本租住了學生宿舍，但因為常往港大及中大圖書館搜集資料，很晚才離開圖書館。無論我從

8 佚名，〈麒麟圍建築義塚碑誌〉，香港：麒麟圍，一九二六。又，二〇一二年十一月六日，陳雲在香港《AM730》發表〈義塚〉一文，抄錄了碑文，可補充我當年記錄之不足。

港大或中大離開，回宿舍比返家的路程更遠許多，實在很難留在嶺大宿舍。開課後一個月，我的宿舍房間除了首天留下的一枕一被，什麼都沒有，書桌、抽屜盡皆空蕩，而書籍、資料都在市區家中愈積愈多，為寫論文更不可能在宿舍留宿了，直至學期結束，我未曾見過同房宿友一面。

碩士畢業後，擔任過兩份全職工作和一份兼職工作，在兩家商業機構短暫勾留一年有半，初步理解這世界運作的法則。二〇〇一年六月間，得悉嶺大中文系新設博士學位課程，我提出申請，幸獲錄取。嶺大研究生課程以寫論文為主，沒有修課學分；但既然中文系有陳炳良、許子東、梁秉鈞等著名學者的精彩講課，我自己當然不會錯過旁聽機會，由此非正式學習過程，我亦所得甚多。

修讀博士學位期間，除了論文，最重要的工作莫過於編選《三、四〇年代香港詩選》和《三四〇年代香港新詩論集》二書（因著梁秉鈞老師的信任，我常存感激之心）。那幾年往圖書館查看微縮膠卷，憑一點線索，逐卷逐日逐格的找，終得見許多前此未知的資料，戰前及戰後初期一首一首有關都市、抗戰或鬥爭的詩歌，作者大部分在文學史上名不經傳，他們一個一個，都是無名魑魅，我的工作，就是自荒塚中把牠們拾回來。

二〇〇四年八月，提交博士論文後，我得以留校任教，但因港府在金融風暴後大幅削減教育經費，「削資」使學院經濟拮据，幾個學系新聘的導師都只有十個月合約聘期。沒有人告知，但從一開始我就意會到，在嶺大工作的日子不會太久。二〇〇五年六月，十個月合約期滿，我執拾書籍和文件，背上大行囊，手持大提袋離開。一、兩週後讀報尋找職位空缺時，讀到嶺大的招聘廣告，再次申請同一職位，經面試後，兩個月後重回原來的工作崗位。

二〇〇六年一月開始，我每天把辦公室堆積的書籍和文件逐少逐少執拾回家，好讓下一次離開時輕鬆一些。二〇〇六年六月十五日，第二次十個月合約期滿之日，我收拾餘下的幾本書籍，輕裝走出校門。這樣的輕裝告別對我很重要，因為即使沒有人告知，我同樣意會到，這是真正的告別。告別虎地的魑魅，不知飄流何地，生命中的嶺大時期，一九九七至二〇〇六，就此結束。

旗幟的倒影：調景嶺一九五〇－一九九六

調景嶺居民持守他們來自舊世界的身分和理念，由碼頭、岸邊至山坡，由學校、民居至商戶，到處掛滿昔日的中華民國國旗，或稱「青天白日旗」，蔚為殖民地上奇觀。一九六一年，港府曾計畫清拆調景嶺，後經居民力爭而作罷。調景嶺得以保有它的寧靜和特色，直至一九九六年，港府決意在回歸前清拆調景嶺，原地一物不留，數年後，新的高樓拔地而起，甚至建成了地下鐵路站，中文地名仍稱調景嶺，英方地名由Rennie's Mill改作Tiu Keng Leng。

風是你的身體，你和太陽同行，
常想飛出物外，卻為地面拉緊。

——穆旦，〈旗〉（一九四五）

象徵的象徵

調景嶺原名「照鏡環」，新界東南端魔鬼山腳下的小海灣，二十世紀初加拿大商人倫尼（Albert Herbert Rennie）於該處開設麵粉廠，幾年後生意失敗自盡。照鏡灣於水上人口音讀如 Tiu Keng Wan，廣東人聽來音近於「吊頸灣」，加以倫尼事件，自此被稱為吊頸嶺。該地因地勢所限，一向人跡罕至，直至一九五〇年，大批來自中國大陸的難民被香港政府由摩星嶺調遷而至，港府官員為抒解居民陰影，把吊頸嶺改名為「調景嶺」，官方英文地名仍稱 Rennie's Mill，即倫尼的磨坊，沿用至九〇年代。

一九五三年，趙滋蕃的長篇小說《半下流社會》由香港亞洲出版社出版，以其寫實筆法，為調景嶺留下初期的文學記錄，包括那揮之不去的「吊頸」陰影：

> 調景嶺正不斷膨脹中。沿大坪的山坡，一直伸展到了那被炮火摧毀了的炮臺。一直蔓延到了當年因營業失敗，吊頸而死的美國人的住宅。……二區與三區之間，依兩道小溪為界。克難橋與忠貞橋，默默地承載著來來往往的人潮，將被溪水縱斷的陸地連接在一塊。沿著吊頸灣邊，架起了八座大葵柵。[1]

在廢墟一般的地方，五〇年代一輩胼手胝足地建立一處棲身之所，那臨時而簡陋的所在，還未稱得上是家園，香港僅是他們流浪旅途的一站。轉折時代下的圖景，至少有截然不同的兩面，一九四九年一月至十月，由北京、上海至廣州等地，人群熱切地迎接解放軍進城，大批學者和文化人也響應「建設祖國」的呼喚，自香港及海外返回中國大陸；但在另一方面，也有大量人民被迫離開家園，部分人甚至未及與家人話別，倉皇奔赴臺灣或香港。

1 趙滋蕃，《半下流社會》，香港：亞洲出版社，一九五三。

五〇年代初期的香港，隨處可見流落街頭的難民，後來於山邊空地自建木屋，在石硤尾、黃大仙、鑽石山、官塘等地區形成不同社群。這批難民當中，有部分是原屬中國大陸國民政府的「軍、公、教」人員，滯留在港等待轉赴臺灣，他們先聚居於港島摩星嶺，再由港府以臨時政策調遷於調景嶺。據載當時遷到該地有接近七千人，居民自行開山築路、搭建葵棚和木屋，成立糾察隊、同鄉會，又經由教會協助成立醫務所和學校，形成自治社區。五〇年代，透過文學和電影的演化，調景嶺社區以持守和抗衡的特質，被強調它是作為文化上的精神堡壘而存在。

調景嶺居民持守他們來自舊世界的身分和理念，由碼頭、岸邊至山坡，由學校、民居至商戶，到處掛滿昔日的中華民國國旗，或稱「青天白日旗」，蔚為殖民地上奇觀。一九六一年，港府曾計畫清拆調景嶺，後經居民力爭而作罷。調景嶺得以保有它的寧靜和特色，直至一九九六年，港府決意在回歸前清拆調景嶺，原地一物不留，數年後，新的高樓拔地而起，甚至建成了地下鐵路站，中文地名仍稱調景嶺，英方地名由Rennie's Mill改作Tiu Keng Leng。

我第一次到調景嶺，由曾於調景嶺就讀中學的大學同學帶引。一九九〇年我到臺灣升讀大學，除了臺灣本土的同學，也結交不少同樣來自香港、入讀各個學系的同學，傾談下得知，有好幾位都是來自調景嶺，從他們口中，我也得知一些調景嶺故事。當時的臺灣，大學每月有升旗禮和月會，在升旗禮上，全校數千同學聚集於大操場，齊向旗幟作敬禮手勢，月會舉行前也有唱國歌、向國父遺像鞠躬的儀式。我對儀式不免感覺疏離，不太願意跟隨，但見幾位來自調景嶺的香港同學投入其中，與本地同學無異。該學年暑假，我結束在成功嶺的六星期大專軍訓後回港，其中一位同學帶我到調景嶺遊玩，我才明白他們迅速投入的原因。

調景嶺是一處迥異於香港都市的寧靜社區，街道和店鋪的布局頗類近於臺灣小鎮，但似乎比臺灣更強調旗幟鮮明的姿態。經過在臺灣留學四年，接觸臺灣文化和文學，以及後來閱讀五六〇年代的香港文學，我更明白到，關鍵的不是姿態，也幾乎不是實物，而是旗幟背後的象徵。旗以布染織圖案而成，但心智稍為成熟的人都不會單純地以為它只是一塊布。旗的動靜，那怕在空中被微風吹動了一下，也會牽動具特定理念者的心。旗於人心之作用力，說明事物背後衍生的象徵，才是真正牽動人心之所在；旗的存在也一再提醒麻木的人們，象徵的重要性。

文學的象徵，往往與歷史、意識形態或集體理念相關。臺灣與調景嶺的旗幟有著共同淵源，都來自一九四九年以前的中國。五四以來的現代文學有很多相關描述，尤其在抗戰期間，當時作家不論傾向哪一種意識形態，都不約而同地，以共同的旗幟作為團結人心的象徵。如穆旦寫於一九四五年五月的〈旗〉：

你渺小的身體是戰爭的動力，
戰爭過後，而你是唯一的完整，
我們化成灰，光榮由你留存。

太肯負責任，我們有時茫然，
資本家和地主拉你來解釋，
用你來取得眾人的和平。[2]（節錄）

在抗戰結束前的大後方，穆旦不單把旗擬人化，賦予意志和情感，更同時寫出它的超越和軟弱，前者在於它比人類更敏銳、更善感，後者在於它有可能會被利用。穆旦的詩讓我想起王家衛的電影《東邪西毒》，影片開始時映出以下字幕：「佛典有云　旗未動　風也未吹　是人的心自己在動」，這段話出自慧能述、法海集《六祖壇經．行由品第一》：「時有風吹旛動，一僧曰風動，一僧曰旛動，議論不已。惠能進曰：不是風動，不是旛動，仁者心動。」穆旦所寫的旗，既是實體：抗戰中飄揚的旗，也是一種超越。實體總有它的限制，可以被取替也可能被宰制，唯有超越的理念在人心中，不受任何時空限制。

旗團結了人心，但抗戰勝利後，旗幟的命運也如同許多人民，經歷內內外外的戰火，在四〇年代後期被投進集體流徙的洪流，部分播遷臺灣，部分來到香港，正如我輩在童年時代所目睹而至今記憶猶新的景像，在大街小巷的不同地點，在山邊木屋、學校操場、路邊空地、住宅屋外、辦公室窗外，以至我留學臺灣時所見，播遷者繼續升起一面仍屬於他們心目中那位置最高的旗。

由此，早期臺灣和香港的作家，部分承繼三四〇年代中國文學對旗幟的

2 穆旦，〈旗〉，收錄於穆旦，《旗》，上海：文化生活出版社，一九四八。

書寫，延續那象徵意義；部分反思、批判那旗幟背後的象徵意義，衍生新的思考；其間有正也有負，這也許正是文學的作用，因應時代的洗刷和歷練，文學讓那旗幟成為一種象徵的象徵，幻象的幻象，或可稱為，旗幟的倒影。

「半」的定位：《半下流社會》的歷史意識

> 「一代人倒下，另一代人跟上來，我們的希望還在前面，為愛，我應當活在生與死之間。活下去，以堅強的毅力，支持起我們的社會。」——趙滋蕃《半下流社會》

一九五三及五四年，趙滋蕃《半下流社會》與張一帆《春到調景嶺》兩部長篇小說先後由香港亞洲出版社出版，標示日後種種文學式演化的開端。兩書作為共同陣營的出版物，自有其傳播集體共名的職責，但兩書更多的內容，實際上透過衍化、增生以至反詰、變奏，創造出作家本身的獨立理念。

從一九五〇至六四年，趙滋蕃在香港居留了十四年；由一九六四年赴臺定居至八四年逝世，趙滋蕃在臺灣居住了二十年。如果把趙滋蕃歸屬於一名

「香港作家」實在不無爭議，但《半下流社會》一書卻不啻為一部很具「香港性」的作品，這樣說不是著眼於它具有香港的「本土」地方特色；當然書中的調景嶺是香港的特殊歷史產物，但使這書有別一般「反共小說」、在共同類型中標示出香港性的關鍵，是趙滋蕃在書中所取意和眼光之所在：一種「半」的、夾縫中的處境，即書中所強調的半下流社會；並由那「半」的視角，凸顯了香港地方的被殖民處境及當中的掙扎。

趙滋蕃在該小說提出的「半下流社會」一詞，原指介乎上流社會（有錢人、資產階級）與下流社會（窮苦大眾、市井流氓）的窮困知識份子，但在小說中的真正含意不是指一種身分階級，而是指向其理念：南來知識份子困處於無根、無理想的香港低下層社會，卻未喪失原有的源自內地的文化理想，「半下流社會」強調夾縫中的處境，由此而與內地文化人被迫滯留香港的處境契合。

小說《半下流社會》中的「半下流」社群拒絕遺忘過去，也拒絕被香港的上流和下流所同化，他們所採用的「半」的自我定位，正企圖把自身從香港的處境抽離出，在沒有身分的空間另行建立同人性質的社群。認清離散的空間後，「半下流」社群將不可能復現的家國，轉化為實現當下的社群意識，以激進的浪漫情懷強調社群共名，另方面卻壓抑個性，亦要求其他社群成員如此。

由此可以解釋代表半下流社群的文章公司向外投稿的李曼，因嫉妒而離開半下流社群，離開調景嶺，以作家身分進入香港的上流社會，在小說中是如何象徵著個人理念的脆弱，而李曼後來的自殺悲劇亦象徵著脫離集體理念之後，個體無所適從的命運。在小說的最後幾章，調景嶺發生大火，趙滋蕃以平行敘述技巧，描寫李曼在豪華大宅自殺身亡的差不多同時，王亮的愛人潘令嫻也在調景嶺火災中傷重不治。在小說結尾，王亮與眾人在墓地說：

一代人倒下，另一代人跟上來，我們的希望還在前面，為愛，我應當活在生與死之間。活下去，以堅強的毅力，支持起我們的社會，活下去，以更猛烈的工作，來消融我的生命，來填補她的悲哀。[3]

最後作者寫道：「半下流社會中的流浪漢們，慢慢離開了這荒漠的原野，但猛烈戰鬥的序幕，卻在緩緩拉開」[4]，兩名女主人公雙雙身亡後，小說的結尾（在今天看來）帶點滑稽地，留下一眾男性在廢墟中想像新生。

半下流社會的三件重大挫折——酸秀才的逝世、李曼的脫離、自殺和調景嶺大火，象徵著家國論述的式微，《半下流社會》最終強調延續社群意識的必要。五四文學以個體的自主抒發作為浪漫的表徵，《半下流社會》卻以社群意識為浪漫，李曼的個人自主追求被壓抑下來，社區理念以及個人對於集體的忠誠融合卻被浪漫化。《半下流社會》作為五〇年代臺灣、香港兩地「反共文學」之一支，實質上卻承續三四〇年代左翼文藝對個人主義的批判，小說的歷史意識，正以激進的政治浪漫所形成的悖論來實現。

《春到調景嶺》：烏托邦的追尋與失落

「以我的死，請求您把聚集在調景嶺的同胞，儘速的收納到臺灣去，賦予他們反共的工作崗位。」——張一帆《春到調景嶺》

3 趙滋蕃，《半下流社會》，香港：亞洲出版社，一九五三。

4 同前註。

張一帆，《春到調景嶺》，香港：亞洲出版社，1954

《春到調景嶺》故事的開端，是寫主人公李志良來港後，一再寫信給在臺親友，申請代辦入臺，卻一再觸礁，繼而輾轉暫居於調景嶺。李志良在調景嶺遇到「忠貞之士」卓文彬，「烏托邦的理想主義者」老韋、中央日報社舊同事向明中，以及雙十節時冒險把一面「中國的國旗」掛到香港中環中國銀行大廈六樓窗外的胡雨時和陳方等人。

李志良初到調景嶺之時感覺良好、親切，居民都善良，一片烏托邦景象。但敘事者很快就寫到調景嶺區內的暗湧、矛盾，包括營內居民領茶領飯時的爭執打架、共黨潛伏的猜疑和恐慌，破卻了李志良初到調景嶺的烏托邦描寫。

敘事者細意敘述的是更寫實的調景嶺居住實況：

> 在這紛雜的場合裡，首先給予志良的印象，就是到處貼滿了各種各式徵求登記的告白；如各省、市、縣的同鄉會，各種職業團體，各軍事學校，部隊，各行政機關……凡是中華民國所有的行業，這裡是應有盡有。[5]

小說者對申請入臺資格和限制等也有很詳細的描述。在第十六節，李志良的難友，「忠貞之士」卓文彬終於成功獲得入臺證，成為第一批赴臺的調景嶺難民；然而大部民難民仍然赴臺無期，在十月三十一日「總統壽誕」的一天，曾冒險到中國銀行大廈掛旗的「忠貞之士」胡雨時，遺下一封寫給總統的絕筆書後自殺身亡，信內寫道：「以我的死，請求您把聚集在調景嶺的同胞，儘速的收納到臺灣去，賦予他們反共的工作崗位」。李志良傷心之餘，只想到他的死「根本不會發生什麼影響」，把容易被激情化的壯烈請求，還原為無意義。

在第十五節，李志良的舊同事向明中，到妓女冰兒家中過夜，無意中談到無家的處境，想到「亡命海外的苦楚」，明中心意淒然，一宿無話，待明朝二人醒來，冰兒問：「為什麼一次也不來？」明中答曰：「反攻大陸以後再『來』吧！」

《春到調景嶺》不乏明確的反共語言，卻一再喻示政治想像的虛幻。《春到調景嶺》是一個有關時間斷裂的故事：一眾人物都有特定的回歸目標——

5 張一帆，《春到調景嶺》，香港：亞洲出版社，一九五四。

到臺灣定居，卻一再被拒。調景嶺作為理想凝聚——也同時是停止的空間，這凝聚又停止的空間也就是香港：一個滯留的空間，一整代人的時間意義被停止、被取消。《春到調景嶺》在表面美好的標題背後，真正的意旨卻非常消沉：《春到調景嶺》是一個有關時間斷裂的故事，也是一種理想幻滅的、反烏托邦的敘事。

《日落調景嶺》與政治幻象

「『我們剛才試圖拍攝一張在鏡頭裡沒有懸掛旗幟的房子。』莫里遜肩膊，作個表情無奈的鬼臉說：『但是不成功』。」——林蔭《日落調景嶺》

有關調景嶺的故事，繼《半下流社會》和《春到調景嶺》之後再寫下去會是如何？也許會由昂揚轉歸平淡，現實上的調景嶺居民也終於安居下來，但他們不是獨立的個案，眾多四九年後從內地南下香港的一代人，終於也由暫居、觀望，期待返鄉或轉赴他處的期望中，不知從哪一刻起自覺或不自覺地收拾心情，面對空間狹窄但總算還可以生活下去的香港，調整過客心態，

林蔭，《日落調景嶺》，香港：天地圖書有限公司，2007

重新注目於一個此時此地的空間，終於在香港落地生根。

調景嶺居民與一般香港居民面對共同的命運，部分問題也共同，特別有關家園土地的持守和抗爭。一九六一年，港府宣布計畫將調景嶺清拆並改建為徙置區，居民強烈反對，在調景嶺內發起罷市罷課和集會，高呼「寧可犧牲，亦要保持嶺內現狀」的口號，港府官員曾赴調景嶺與居民會談，最後港府讓步，撤回興建徙置區的計畫。直至一九九二年春天，港府重提清拆調景嶺的計畫，居民再次群起反對，作出多次抗爭，但這次港府沒有讓步，大概由於九七問題，港府清拆調景嶺的計畫乃事在必行，一九九五年四月，港府正式宣布清拆調景嶺，翌年四月至七月，居民陸續遷出，調景嶺社區終於被港府徹底清除。

關於一九六一年最終擱置的清拆計畫和一九九二至九六年的真正清拆事件，歷史研究者或其他有心人相信可找到更多資料，而在文學描寫、論述上，林蔭的長篇小說《日落調景嶺》也提供重要參考。該書取材自作者在調景嶺清拆前的連串實地調查和訪談，再據相關史料，編成「通史式」的故事。小說由一九四九年的中國內地講起，一直寫到九五年的清拆事件，在差不多十六萬字的長篇裡，穿插高弘一家及鄰居白如露、獨眼龍等人的故事，在整體而言，全書的前半段，在處理人物的離亂和大時局中的個人問題，是全書最可觀之處，而在這歷史傳奇或地方故事的敘述當中，作者似乎想凸顯人物的悲歡離合，最終仍以中段不經意的政治諷喻，使本書閃露可流傳的光芒。

在第七章〈牛斌與白如露之死〉中，故事的背景是一九六一年，調景嶺面臨香港政府收地清拆，當中有一段寫居民向官員遞交抗議信，由當時的外籍官員徙置事務處處長莫里遜接見並與居民談話，透過翻譯，提出政府為改善居民的生活，實有需要收地以擴建公屋云云。這由上而下的改善意圖，當然並非居民意願，他們更重視社群的歷史和共性的維繫，對港府所說改善其生活的「好意」嗤之以鼻。小說在此插入白如露的故事，寫她一再被丈夫粗暴對待，以至強迫販賣色相；敘述者沒有明言，卻自然產生一種反襯效果，作者的意圖可能在於個人，卻在此反襯當中，使原本只作為背景的政治事件移到故事的前景，凸顯政治的暴力。

第七章的後半段，再寫莫里遜帶同其他官員乘船到調景嶺視察，形成一幅耐人尋味的圖景：一群殖民地官員，包括外籍與華人官員環顧四周，想找一處沒掛旗的房屋拍攝照片：「『我們剛才試圖拍攝一張在鏡頭裡沒有懸掛旗幟的房子。』莫里遜肩膊，作個表情無奈的鬼臉說：『但是不成功』」[6]，調景嶺的旗對他們來說自是礙眼的「異物」，不能出現於官方拍攝的照片中，他們試圖撇除它，也等於撇除它所象徵的精神理念、歷史與政治，想改為著眼於收地政策或「改善居民生活」的問題去——也等於矮化它的象徵意義，但最終發覺無法略去一切的「異物」。小說以當時調景嶺的實情，反襯出港府政治想像的虛妄，然而時代的詭譎正在於，對於「清潔」社區的政治想像，終於由一種虛妄，變成了現實。今日的調景嶺已成了地鐵支線的終站，保留了調景嶺之名，實際上是作為一切政權消滅歷史的示範，那麼潔淨地，沒留下一絲可辨認的痕跡。

易碎的象徵：鍾玲玲《玫瑰念珠》

「時光中無法摧毀的糊狀物，終於凝固為形狀不一的物質，成為心靈中，易碎的珍愛物。」——鍾玲玲《玫瑰念珠》

6 林蔭，《日落調景嶺》，香港：天地圖書有限公司，二〇〇七。

我第一次見到鍾玲玲的長篇小說《玫瑰念珠》一書，在旺角洪葉書店，時維一九九七年四、五月間，香港瀰漫著回歸前夕沸沸揚揚又有點不安的氣氛，《玫瑰念珠》素淡淨色的封面只有「玫瑰念珠　鍾玲玲」七字，書脊和封底盡皆空白，除了封面紙張本身的底色外，別無其他圖案或顏色，相對那回歸前的氣氛，彷彿是一種反襯。

我第二次見到這本書，已是二〇〇二年底，東岸書店結業前，忽然堆放之前未見的數十冊《玫瑰念珠》。其後，此書絕跡書肆，評論界亦鮮見提及。我們的回歸故事，不也如此湮沒。

由五〇年代寫到九〇年代，相信《玫瑰念珠》的寫作多少由回歸引發，但這書不是史詩式傳奇，我倒怕閱讀史詩式傳奇，回歸作為歷史時刻的關鍵，更多地觸發對香港與個人成長的思考，《玫瑰念珠》由歷史的回溯開始，部分從個人成長角度追憶，很嚴肅地看待懷舊：

> 要理順它。要理順它。這兒。那兒。千頭。萬緒。
> 那紊亂的。那斷裂的。要理順它就是尋求歷史的真相。需要全部的熱情。[7]

懷舊是為理清紊亂的、斷裂的過去，以至尋求歷史的真相。《玫瑰念珠》所憶述的過去，具體來說包括主角的成長地方，六〇年代的調景嶺和九龍城。調景嶺飄揚的旗幟，翻動起連串沸揚的歷史故事和情結，卻在調景嶺市集的氛圍中歸於空寂：

調景嶺大街對我來說更像曲折的陋巷，自山上下來，廣長春藥行、美的照相、王家商店、鳳凰服裝公司，由於在每個隱蔽的岔口都能瞥見海灣和藍天，因而這些招牌連同菜市場的蔬菜魚肉、飯店傳出的淡淡香味，在長久的折射下，遠離真正的現實。據說海洋表面的流動都是因風而起的，波浪從不放過海岸的每個弱點，因而在陣陣的拍岸聲中海風不僅把人們的細語傳遍每個角落，在教堂的鐘聲自四方八面匯聚到這條唯一的大街以後，遠處刮來的山風又把它們吹送到糊滿標語的牆壁上，隨著鼓動的旗幟，越過碉堡和十字架，並在更遠的高處，與萬籟歸於空寂。[8]

7 鍾玲玲，《玫瑰念珠》，香港：三人出版，一九九七。
8 同前註。

鍾玲玲於一九九六年執筆創作《玫瑰念珠》，正值港府清拆調景嶺之時，兩代人接近五十年的歷史化作塵土。由《半下流社會》、《春到調景嶺》、《日落調景嶺》到《玫瑰念珠》，調景嶺書寫從昂揚、絕望而歸於空寂，《玫瑰念珠》以斷續和接近抽象的敘述，也將調景嶺的旗幟引向最後的超越。

調景嶺故事只是《玫瑰念珠》內容之一端，小說還有關於九龍城、廣州、浙江和虛構地點的故事。在小說後半部，敘述者跳出故事，回顧作者本身的寫作歷程，反思個人的文學理念。《玫瑰念珠》追溯歷史、懷念人物、重建記憶、反思理念，在結束處如此寫道：「時光中無法摧毀的糊狀物，終於凝固為形狀不一的物質，成為心靈中，易碎的珍愛物。」外力無法粉碎的，唯有個人把它粉碎。《玫瑰念珠》還有一段敘述者的懷舊之行：「一九九〇年初，我乘坐汽車，到調景嶺，自山下往下望，在時空的重疊下，再難分辨昔日圖象與眼前現實的，距離。」[9] 歷史不因懷舊而顯露，卻因懷舊凸顯其消逝。

杯中旗幟

在我童年記憶中，父親的書桌上長期放置一隻印上青天白日旗的透明玻璃水杯，斜波浪形旗幟連接短小旗桿，標示颯颯飄揚姿態。父親不在家時，我會用那玻璃杯盛開水喝，翻閱桌面上的《四角號碼字典》、《電碼新編》等小開本書籍。屬於我自己的第一套藏書，是父親從臺灣買回來的八大冊《世界偉人傳記》，內文每字右側都有我不明白的「國語注音符號」。那時我大概是唸小學四年級的年紀，好幾年的十月十日，父親都帶我到彌敦道上的酒家參加雙十節慶祝大會，席間他與友人們高呼口號，聽他們說起有時昂揚有時低沉的故事，我懵懵懂懂間有些明白有些不明白：

杯中旗幟

遠窗人影一現，隨晚燈初燃
移作前方傾斜的側影。沿巷拾步而上
似聽得樓臺夜語，不想早歸宿處。半途停駐
謾回頭空見海角寂靜，極目寄予船燈，早發航程

9 同前註。

原稿換酒，逐頁排作鉛字。一桌稿紙
刪塗錯漏，插入未盡的情節。你仔細思量
筆劃構成故國，逐字重建家園，唯水瓶打翻
回憶逸作暗藍。漸凝固鄉音，揮發入斗室空間

留下最激勵的言詞，在你座右，逐漸無言
毋忘在莒，參加旅港宗親同鄉會。僑務委員
為你傾注熱茶，印在玻璃杯上的旗幟，颯颯飄揚
眾人肅立致敬，慢慢降下旗幟，改變人面似晚霞模樣

雙十口號，碰杯十一酒會，遺忘六四
八月重光，點算七七軍票，兌現成九七宣誓
消滅九九滿城談論的蟲。返本零零
無限重又回頭。調景嶺、鑽石山，有舊稿翻飛

整個世界都在飄移，在你佇立的山崗，圍繞面前

是風吹旗動，還僅是滿室茶煙，逸出裊裊的記憶？
退回向空茫伸出顫動的手，舊旗只飄在杯中
瀰瀰水光中央，你照見自己，晃蕩的倒影[10]

許多許多年後，我和家人送父親入醫院，通道上迎面一位來看病的老人，問父親可認得他，父親迷糊間點頭，老人握著父親的手談了幾句，父親也清醒了一些，目中閃閃如電。老人是父親昔日的報界朋友，往事把他們帶返壯年，我也記得他們那一輩在舊時代高呼口號的姿態，記起他們的故事，那飄揚旗幟的水杯，源自無數難以摧毀的糊狀物，也凝固成他們那一代的易碎物，碎散後再沒有人記念。

幻象的幻象

在新時代，舊旗成為禁忌，當中不關乎道德，只關乎時勢和人心。

10 陳滅，〈杯中旗幟〉，收錄於陳滅，《低保真》，香港：麥穗出版有限公司，二〇〇四。

事物和時代的變化，原本不需要緣由，日子就在沒原因的狀況下延續到今天。旗幟在物質現實上只作為一塊布，卻時刻提醒我們，象徵的重要性，關鍵是我們是否在乎理念，或怎樣看待背後的象徵。

世界恆常變化，昔日的事物許多都不必保留，但理念的反思，仍然是我們得以立命的根本。「不是風動，不是旛動，仁者心動。」旗幟的形狀本屬無形，它永遠作為象徵的象徵，幻象的幻象，旗幟的存在不是為了自身，而是為了讓我們最終看見那旗幟的倒影。

黃幡故事探源

黃幡居住之處以前是一整條經營喜帖印刷業的街，這彷彿也是香港店舖一貫的生存模式，以同類為集結，我們有賣體育用品的花園街、賣電子零件的鴨寮街，批發時裝的長沙灣道、賣五金用具的新填地街、賣模型的廣華街、賣啤酒的蘭桂坊……集結皆非一日之事，它們由生活慢慢積累，由使用者共同創造，分享本身的共名及文化資源。

昔時灣仔以皇后大道的洪聖廟前一帶為海岸線，洪聖廟即大王廟，因其得名的大王東西街一帶，在香港開埠以前已聚居著眾多蒙受福祐的漁民。從灣仔歷史的考溯開始，想像皇后大道原有的浪聲，但歷史的真實不在於表象，浪的聲音也就是勞苦的聲音。十九世紀中葉英商顛地在灣仔海岸興建碼頭和貨倉，除了鴉片販賣，亦有經營茶葉貿易的船隊來往於汕頭和廈門，故而僱用從汕頭和廈門來港的潮汕藉華工，顛地在春園街一帶建造春園別墅，華工則聚居於大王東西街及船街附近，汕頭街和廈門街為洋行的西界及貨倉。

這只是它早期的痕跡，保留了一點在街道名稱之中，二十世紀五〇年代以後，灣仔由於進一步填海及水兵的活動而一再改變形貌。我問灣仔居民黃幡，他是何時開始居於灣仔呢？他猶豫不答，說要帶我們到他昔日住處，只見整條街所有店舖俱已結束營業，閘門深鎖，居民遷出，白天也如同鬼域。建於五〇年代的低矮樓房窗戶全都緊閉，一格一格的框內，昔日防範風暴的膠貼卻猶在，一組一組劃著交叉，好像不斷搖頭，否定外來者對它的觀察；但住在屋內的人望出窗外所見，還不是劃上交叉的世界？它象徵著錯誤還是抹煞？還是一種自我否定？

不，這不是自我否定……黃幡有點激動，風吹過他開孔的身軀，預見了

清拆前的灣仔利東街，2007

近乎自戕的對風的抵抗及其苦楚。風是一種暴力，但曾幾何時，黃幡與他的朋友可以在樓宇間並排而互通的天臺間放風箏。黃幡居住之處以前是一整條經營喜帖印刷業的街，這彷彿也是香港店鋪一貫的生存模式，以同類為集結，我們有賣體育用品的花園街、賣電子零件的鴨寮街，批發時裝的長沙灣道、賣五金用具的新填地街、賣模型的廣華街、賣啤酒的蘭桂坊……集結皆非一日之事，它們由生活慢慢積累，由使用者共同創造，分享本身的共名及文化資源。

為什麼黃幡熟知許多地方歷史？他建議我讀《歷史的覺醒》裡面的一章〈灣仔：尋求認同〉和《環頭環尾私檔案》中的〈灣仔：吾土、吾鄉、吾民〉，新近的事亦可參《黃幡翻飛處》，但除此以外，還有黃幡自己的故事。黃幡的上一代來自中國內地，身逢戰亂之世，上一代實在沒法選擇，他們無奈地來到香港，不喜歡這地方，也從不感到安穩，就像四〇年代黃谷柳《蝦球傳》中的小主角，來到灣仔找朋友，夜了卻不知可以睡在何處。他被別人欺負後，跑到當時為墟市的修頓球場：

這裡是一個奇異的世界：在這裡活躍的人是兒童、少年、壯丁、少

停在店鋪內的挖土機，2007

女、少婦……難得看見一個老人。在這裡，饑餓的魔鬼跟隨著每一個人，追逐著人堆中的失敗者。[1]

後來他走到海旁，再乘電車往筲箕灣，下車後，「經過一條像祖國內地縣城一個式樣的小街，兩旁有矮矮的店舖」，祖國形象的錯覺帶來一點慰藉，但他始終找不到要找的友人，更遭受驅趕，最後於一處海邊覓得一所空置更亭，在那裡過了一夜。

沒有自己的空間、沒有歸屬、被驅趕、住在臨時居處、幻想回到祖國，這就是你們上一代的處境？但黃幡說，還有更沉鬱的，關於尊嚴、價值和身分的掙扎。他的說話讓我想起張愛玲〈沉香屑：第一爐香〉的末段：

> 後面又擁來一大幫水兵，都喝醉了，四面八方的亂擲花炮，瞥見了薇龍，不約而同的把她作了目的物，那花炮像流星趕月似的飛過來。薇龍嚇得撒腿便跑，喬琪認準了他們的汽車，把她一拉拉到車前，推了進去，兩人開了車，就離開了灣仔。……車過了灣仔，花炮拍啦拍啦炸裂的爆響漸漸低下去了，街頭的紅綠燈，一個趕一個，在車前的玻璃裡一

溜就黯然滅去。汽車駛入一帶黑沉沉的街衢。喬琪沒有朝她看，就看也看不見，可是他知道她一定是哭了。他把自由的那隻手摸出香菸夾子和打火機來，菸捲兒銜在嘴裡，點上火。火光一亮，在那凜冽的寒夜裡，他的嘴上彷彿開了一朵橙紅色的花。花立時謝了，又是寒冷與黑暗……[2]

走過熱鬧繁華的灣仔墟市，在新年的花炮與華燈之間，薇龍認清了自己只是被標認作消費品的獵物，喬琪的一點反抗和點燃自我的行動，亦很快成了徒然。上一代對香港的負面描述不是偶然，只要稍稍在官方以外的文獻去尋，就會讀到更多：侶倫《窮巷》、趙滋蕃《半下流社會》、劉以鬯《酒徒》、舒巷城《都市詩鈔》，一個一個沒有歸屬、被驅趕的、臨時的，以至失去尊嚴、被壓迫、標籤化、被矮化或工具化的故事。

左翼作家黃雨，在一九四八年曾描述一個充滿罪惡和爭奪的灣仔：

1 黃谷柳，《蝦球傳》，香港：生活．讀書．新知三聯書店，一九五八。

2 張愛玲，〈沉香屑：第一爐香〉，收錄於張愛玲，《傳奇》，上海：山河圖書公司，一九四六。

打架的，爭奪的，偷盜的
叫喊的，叱喝的，詈罵的，啼哭的
是那一個悲哀的藝術家
塑下了這痛苦的群像

黃雨再仔細描述各種頹敗的生命、衛生惡劣的熟食攤、乞丐、流淚的婦人，強化種種負面形象，質問人們為什麼要留在香港：

天地是如此廣闊
為何偏偏選擇這片土地
這片如此灰暗什沓，喧嚷的土地

最後他借用《水滸傳》的典故，暗示人們應離開這片土地，尋求另一種發展：

我要告訴他

別去投奔柴大官人了
朋友們都在梁山上等他哩[3]

黃雨的取向一方面基於當時的左翼共名，另方面也基於普遍市民對殖民地香港缺乏認同。四〇年代末，不單大批左翼文化人北上，許多青年學生也響應呼召，到中國大陸學習，一去數十年，部分人直至八〇年代初才能回港。四五〇年代之交，許多人選擇北上，卻又另有大量人民南下，視香港為客次僑居之地，本期望早日歸鄉，不意一住多年。

歸屬和認同的過程何其漫長，上一代不願居港，度過悠長的互相爭吵、互相憎恨、冷漠與勞苦的生活，終於也落地生根。許多年後，他們的下一代卻為難得建立的歸屬和認同作抗爭。二〇〇三年，市區重建局宣布重建利東街和麥加力歌街H15項目，打算清拆整條街所有舊樓。居民因此成立H15關注組，作漫長抗爭。

二〇〇五年，街坊自發組織規畫方案，向城規會提交香港首份由居民參

---

3 黃雨，〈蕭頓球場的黃昏〉，香港《文匯報．文藝週刊》，一九四八年十月七日。

與的城市規畫，建議保留利東街中段唐樓。二〇〇七年，居民的規畫方案再度被否決，黃幡與街坊在狹小街道之間揚起黃幡，寫上抗爭標語，要把這裡發生的事告知所有人。九月，居民舉辦利東街節，向其他市民和學生介紹灣仔特色文化，又舉辦「利東街節之全港中學徵文比賽」，董啟章和我都被他們邀請擔任評判。

在「發展」的硬道理和市場至上的中環價值下，一切或溫和或激烈的抗爭，盡皆枉然，直至挖土機開始動工清拆利東街唐樓建築群店鋪，在十月初反清拆的燭光集會上，黃幡找來一個一個已離去的街坊，述說各人不願離去的故事。

什麼是自主，我們都深切理解，但什麼是土地？因著土地，我們得到自主，但也因著土地，我們失去了自主，它已由生活載體，變成一種弔詭的概念。反清拆集會至十時結束，我遙向黃幡說一聲再見，也不在乎他是否聽見，接著就是我自己的故事。從集會所在的利東街尾往另一端走，仗著微暗街燈，仍見眾多店鋪已被掏空，只覺那挖空的部分，自己也有份：

2007年10月的利東街反清拆集會

灣仔老街（之三）

（一）

走過語言與人面彎曲流淌的路
店鋪逐一降下鐵閘如簡短吐露
無聲與響亮的金屬聲都只一擊
仗一盞燈報販售賣昨天的消息

好像詩句繪畫帶我們遠離買賣
報紙標題一句句又拉回這世界
家被擴大了嗎？像一列相接樓房
又再掏空住在逐一蠶食的內在

節日裡重聚問一句社群的對答
低矮樓房轉一個彎就可以看見

幽暗店鋪鐵閘內有一架挖土機
遠去人面語言像孩子下課歸來
挖空動作使機器也受了傷，累了
它也歇在它所傷害的店鋪體內

（二）

深夜，鐵閘們會替代離去的人
以金屬撞擊的聲音彼此相噓
已勝過被分化的漸遠的人們
朋友，只一點餘光在街角照亮
喚一聲倘若僅餘的溝通，說一聲
那怕只一聲問候或離別前一語
都沒有都沒有都變作這都市

轉身不自覺止不住向天空奔往
店鋪像語言一關閉就不會再開
像酒醉者我的笑不是真的笑
已失控的手一揮就灑落了
一張一張無重的快樂紙幣

數不清它的面值只焦渴地兌現
斑駁地圖重建裡重繪已貶值的再見[4]

鐵閘墜地之聲衝擊人心，卻原是店鋪之間的對話，它們終於沉寂，因店內已被挖土機掏空，我們的心也失去了大半。笨重的挖土機甚至停在店鋪內，它好像也挖得很倦，要好好休息，想不到它所破壞的店鋪也收納了它。不遠處一位保安員坐在街燈下，守衛工地的倦意使他變作喬琪，他點一根

4 陳滅，〈灣仔老街（之三）〉，收錄於陳滅，《市場，去死吧》，香港：麥穗出版有限公司，二〇〇八。

菸，嘴上開了一朵橙紅色的花，只吸啜一口，那朵花即時又凋謝了。

我一步比一步更快地想離開這條街，想藏匿，想喝酒，不知那是不是早到的幻覺，在街口又看見翻飛的黃幡，但兩邊的繫繩已鬆脫，或是被解開了，眼看黃幡就要掉下來，它忽然變作一具風箏，可是線已斷，風箏原在手上，連繫悠長的歸屬和認同，線斷了，不知再被驅趕還是被標認作可定價的、可接近也可拋棄的消費品，線斷了，那麼就遠遠的飄落吧即使它所抵抗的風向，總朝向理念的反面。

達德學院的詩人們

四〇年代末的達德學院師生不單在香港青山留下足印，還留下演講記錄、照片、文章、詩歌，記錄已消逝的景觀，相關的文學作品顯示他們對社區有參與、有關懷亦有批判，對達德的記念是一種歷史的紀念，也是一種關係、情感和理想的紀念。

屯門何福堂會所馬禮遜樓在二〇〇四年被列為法定古蹟，它最受矚目的歷史在於它曾為達德學院的主樓，是一九四六至四九年間，中共在香港建立的一所大專學府，原址本為抗日名將蔡廷鍇將軍的別墅「芳園」。因國共內戰關係，內地學者文人一時雲集香港，不少都來到達德任教或演講，社會科學方面有千家駒、鄧初民，文史方面有鍾敬文、黃藥眠、夏衍等，應邀到校演講的作家有郭沫若、茅盾、曹禺、葉聖陶、歐陽予倩、臧克家等。一九四九年港府以「訓練學生搗亂治安」及「政黨集會之所」為由取消該校註冊，因而被迫關閉，但其時許多學生已返回內地遊擊區參與祕密工作及武裝鬥爭。

無論在教育或政治層面，達德學院的歷史都有特殊意義，這方面小思、羅隼和鄭官哲等諸位早已為文談論過，這裡擬從一首新詩開始，談論達德的文學意義與社區連繫。達德師生生活簡樸而理念豐盛，部分師生入住宿舍紅樓和白宮，亦有許多住進附近民房，以至道觀「道德會」（即今天的善慶洞），除了正常課業和學習班，因校舍面臨青山灣（七〇年代填海發展成今天的屯門市），亦鄰近村舍，學生們經常到海灘和新墟附近小飯店及士多蹓躂，與當地居民建立連繫，四九年初新墟茅屋大火中，由百多名達德學生合

1948年的達德學院

作撲滅，達德師生的理想及與青山灣地方的連繫，記載於當時的《華商報》及學生自辦刊物《達德青年》和《海燕》等，另有一首新詩發表到上海的詩刊，是目前所見最早描述屯門新墟的新詩。

二〇〇三年我編選《三、四〇年代香港詩選》期間，葉輝先生借出兩冊一九四八年間在上海出版的詩刊《新詩潮》，裡面有一首詩作〈新墟呵，新墟〉，作者盧璟，末段署寫作日期和地點為「一九四八年一月香港青山新墟」。我讀後很感驚訝，三四〇年代不乏寫香港之作，大多集中描寫都市，並以此強調殖民地的罪惡，寫新界的很少見，我馬上覺得這詩應該入選，但遍查資料不見作者來歷，只猜測是當時達德學院的學生，卻苦無確切的記載，直至詩選即將付印，很無奈地在作者盧璟一項寫上「生平資料不詳」。

詩選出版差不多一年，我在研討會上結識了同樣研究新詩的張松建先生，那時他為新加坡國立大學中文系博士生，正計畫到中國內地訪問多位老詩人並蒐集原始材料，我託他代查盧璟的身份，由他提供的線索，證實了盧璟為達德學院學生俞百巍的筆名。

俞百巍（一九二八—一九九六）原就讀於福建協和大學西語系，抗戰勝利後因參加由中共領導的學生運動而離開學校，四七年夏天來港，經轉介入讀達德學院文哲系，在港期間曾以不同筆名在《華商報》和《群眾》等刊物發表文章，一九四八年五月返回內地進行「祕密工作」，曾任中共江西工委南昌特派員及南昌特委書記等職，四九年後曾任貴州省文化局副局長，也從事舊詩創作和貴州地方戲曲的研究。

〈新墟呵，新墟〉描寫新墟士多辦館的面貌，售賣糖果、美國罐頭、仁丹、十滴水，還附設飲食部，詩歌承接三四〇年代左翼文學具意識傾向的寫實作風，不純然為景觀的記錄，相對於都市的明顯對立面，村舍較少批判點，於是本詩細寫來自都市的商品，又強調負面事物，諸如不衛生的環境，再透過強調時間上的慢來暗喻它的落後和缺乏政治覺醒：

新墟呵，新墟
它的血流得很慢
它沒有夢想

詩歌以此暗喻當地的落後和缺乏政治覺醒，由此也隱含了作者的意識傾向。這詩對新墟沒有明顯的批判，亦非認同，而是帶著暗暗的貶抑，作者提到內地也有類近景觀，似乎想把新墟與內地村鎮的相關事物連繫，詩中的「它」一直都是指新墟，末段重複起首時的「慢血」意象，指向一種改變和救贖的等待：

新墟呵，新墟
它的血流得很慢很慢
而且，它不安地沉睡著……[1]

另一位達德學生張壽頤，一九四九年初以「村夫」為筆名，在《文匯報》發表〈香港夜景蹓躂〉一詩，寫都市的罪惡景觀：「洋樓築在木寮的近邊……樓之上狂歌醉舞／樓之下呻吟輾轉」，以對比手法表現典型左翼詩歌精神的都市批判形式。

1 盧璟，〈新墟呵，新墟〉，原刊一九四八年在上海出版的《新詩潮》，收錄於陳智德編，《三、四〇年代香港詩選》，香港：嶺南大學人文學科研究中心，二〇〇三。

相比於都市的罪惡，臧克家到達德學院演講後所寫的〈自由・快樂——達德學院歸來〉，則以達德為釋放理想的所在，一切的顧忌和壓抑都被達德學生的熱誠所消除。柳亞子一九四七年十月從上海乘飛機抵香港，十二月三十一日參加達德學院的聯歡大會，因念國共內戰形勢之變，賦詩一首曰：

> 誓眾登壇又此回，潮音獅吼掌手雷。光明已見前途近，配合還期努力來。（節錄）2

在這組詩歌中，達德學院也作為可供眺望理想和光明之所在。四〇年代末的達德學院師生不單在香港青山留下足印，還留下演講記錄、照片、文章、詩歌，記錄已消逝的景觀，相關的文學作品顯示他們對社區有參與、有關懷亦有批判，對達德的記念是一種歷史的紀念，也是一種關係、情感和理想的紀念。

無論何時，往達德之路都是一次歷史之旅，達德學院關閉後，芳園由倫敦傳道會購置，易名為何福堂會所，以紀念香港首位華人牧師何福堂，達德主樓改稱馬禮遜樓，作為教堂及神職人員宿舍。六〇年代初，會所業權轉移

屯門何福堂會所馬禮遜樓（達德學院舊址），2005

到中華基督教會，何福堂書院成立後，馬禮遜樓曾用作校長、教師及學生宿舍，故該處對教會及何福堂書院師生而言都另具意義，此外在《香港古樹名木》一書記錄了馬禮遜樓門前的一棵百年老杉樹，它亦見證由芳園、達德學院至今天的變遷。

一九九七至二〇〇六年間，我先後在屯門嶺南大學修讀碩士、博士以至在中文系任教了接近兩年，從旺角乘坐67X巴士途經何福堂中學總不禁多看幾眼，也曾獨自入內流連。二〇〇五年春天的「中文創意寫作」課堂間，在梁秉鈞教授主催下，邀得歷史系的劉智鵬教授導引學生作一次屯門歷史之旅，再有機會到訪達德學院，覺其歷史與理想的魑魅仍未散，只是昔日的達德學生以學府為理想堡壘來對照都市的罪惡，今天這種對比恐再無存。

2 柳亞子，〈赴達德學院送舊迎新聯歡大會有作〉，收錄於胡從經編，《歷史的跫音：歷代詩人詠香港》，香港：朝花出版社，一九九七。

浪蕩兒童樂園

在這酒店未建之前，本是一幢四層高戰前樓宇，是昔日的「一定好茶樓」所在。猶如著名的「得雲」、「龍鳳」和「雲來」，同是傳統的廣州式茶樓，二樓以上是茶居，每天早上都有穿唐裝衫褲的大人手持雀籠前來品茗，一室滿是鳥語，有時還有賣歌人的歌聲。

荔園時光

清拆的消息傳出，荔園忽然多了許多遊人，時維一九九七年初，前此它已冷清了一段長時期。荔園遊樂場位於荔枝角九華徑，即現今的美孚新邨附近，建於一九四九年，有機動遊戲、攤位遊戲、鬼屋、劇場、溜冰場、動物園等設置，六、七〇年代是它的全盛時期，遊人眾多，是兒童和青少年的熱門遊樂去處，至八〇年代中期以後漸現殘破景象。

一九八一年，小說家海辛寫過一篇〈半夜列車〉，是我最喜歡的荔園故事，以一位遊樂場看更職員的經歷為主線，講述荔園的沉睡與顛覆：

> 那天晚上，高佬炳和大個子阿張值夜。
>
> 遊樂場在十一點半鐘，便已關門，遊客離開場所。十二點剛過，清潔女工打掃完畢，帶著一身的疲倦走掉。遊樂場裡所有的燦爛燈火已熄掉，只剩下幾盞瓦斯燈在支撐這一角世界。
>
> 旋轉盤上的馬匹在打瞌睡。「碰碰車」爛睡如泥。

結業前的荔園，1997

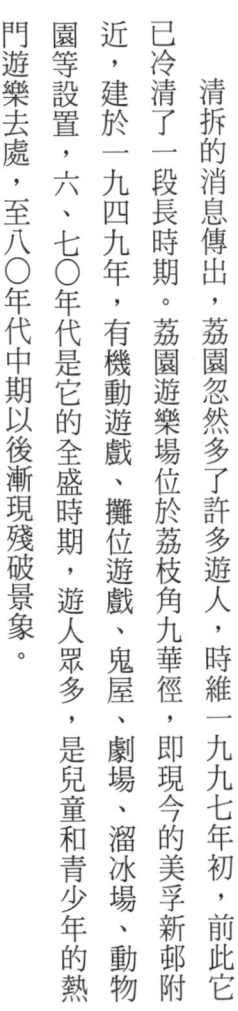

架空飛機停在半空打鼻鼾。
所有的遊戲攤位靜悄如死。
那列小人國的火車卡，停在總站。
遊樂場的鐵閘關閉，高佬炳很體貼地對和大個子阿張說：「你去門房躺一躺吧！下半夜，我喚醒你。」
大個子阿張點點頭，走近門房。半小時後，高佬炳走到後門近山邊的大鐵絲網門，吹口哨。[1]

原來高佬炳與朋友相約，待深夜遊樂場關門後，請二十多位智障兒童到遊樂場遊玩，他重新開啟各種機動遊戲，讓平日無法到遊樂場的孩子得到快樂，但夜半的遊玩聲引來了警察，最後高佬炳被園方辭退。這理想年代裡的顛覆故事，教我們尊重小人物與弱勢社群，也正視理想和它面對的限制。

在我兒童時期的印象中，荔園是熱鬧和廣闊的遊樂場，隔別許多年後，初中時代再訪，已是另一番景況。當時有不少同學居於美孚新邨，我曾隨其

1 海辛，《救生圈》，香港：昭明出版社有限公司，一九八一。

結業前的荔園，1997

中幾位同遊荔園，只覺園地破落狹小，鬼屋設置老舊，一點不感恐怖，入內遊玩只為增加笑談之資，我想鬼屋內如果真有魑魅，一定很傷心。

有一次和大伙兒失散了，我一個人踽踽到昔日表演粵劇和歌舞的劇場，那時成了免費播放中西舊片的電影院，只見觀眾大多中年以上，隨意進出電影院，根本不在乎看電影，許多人在裡面睡覺、賭博，以至吸毒……

標榜歡笑與童趣的園地，實也暗影處處，初中的我難掩驚懼，卻也不太訝異。荔園象徵我們的童年時光，它所掩藏的陰暗，也是一切歡樂的整體，我們都理解陰暗的意義。葉輝筆下的荔園，是荔枝角遺下的童年夢想，卻不真實：

> 荔枝角再遠一點，灣畔是一個兒童樂園，一個遊樂場，童年時那裡大概是一個世外桃源了，乘一程又一程的車和船，彷彿走到了天涯海角，才第一次見到並且走進一個不真實的世界，走進大門就見到一臺隨著音樂旋轉的木馬，臺的中央鑲了玻璃片，在旋轉中反照著場內每個角落的動和靜，和第一次見到的大象，獅子和豹子一樣不真實，和荔枝角一樣在實實在在的眼前物象中，感覺顯得毫不真實。2

結業前的荔園，1997

葉輝對荔園的感覺，與我輩都屬共同。樂園到底是構築出來的，與人間毫不相涉，可現實不也真幻處處？荔園始終還是有吸引遊人的地方，特別是動物園裡的大象，可惜已於一九八九年逝去。九〇年代我未再踏足荔園，直至一九九七年三月一日，是我最後一次到訪。一九九七年三月三十一日，荔園光榮結業，當日有接近兩萬市民到荔園緬懷昔日時光。自結業的消息傳出，二、三月間園內閃光燈不絕，但我不知可以拍下什麼，只想盡量用肉眼記錄，那歡笑的最後境況。

由一九九七年起，香港的時鐘開始撥快，各種事物加速消逝，彼此的距離愈行愈遠，荔園只是其中渺小一端。轉念一想，兒童時期結束前，對於時間的新感覺，不也如是。

繞圈時光

人們都慨嘆荔園的失落，但啟德又如何？還有誰記得一九八二年結業的

2 葉輝，〈荔枝角〉，收錄於葉輝，《甕中樹》，香港：田園書屋，一九八九。

荔園動物園，1997

啟德遊樂場？清拆前可有人特地造訪？棋壇壁上懸掛的巨大棋子，模仿人們更詭奇的步法，深宵互相攻訐。已擲出多少個一毛錢，才偶然沒有擲界給換來一包口香糖？多少隻真正的鬼怪徘徊在鬼屋門外，不敢進入被恐怖活人侵擾的家？我們沮喪、消沉地在場內遊玩，只有動物們幸福、歡欣地困在狹隘籠內，繞圈再繞圈。

摩天輪、過山車、旋轉木馬、太空飛船，最受歡迎的遊戲都是一些繞圈來回的東西，總有一個起點，驗票後出發，良久回到出發的地方，後來知道，這就是我們重複、無望的生命。旋轉木馬區域內，連音樂都是三拍子，每首歌都是圓舞曲，高高低低的小馬兒，星眸眨動領我們起舞，登登聲踏破了那邊捲舌的夜歌。摩天輪從地面轉上去，高一些再高一些，至最高處停下來，座位微微搖動，好讓孩子們開展美好而不由自主的一生。

遊樂場外也有不少繞圈來回的設置，就如每個公園都有鞦韆、旋轉盤、搖搖板。坐在鞦韆上，五、六歲的幼兒由大人手搖，稍長可以自己搖盪，至十歲以後大多不甘安坐，要站在鞦韆木板上，雙足用力使鞦韆盪得更高，四十五度、六十度，以至只看見天，別要再與地面的濁世人間有相逢。十七歲以後，玩者會回到小童時期，再用坐的方式，輕輕地、緩緩地搖，他們的身在動，但心已不在鞦韆。

公園的旋轉盤大多是彩色，分為兩種，一種軸心外設置木構平臺，玩者可坐在平臺上，另一種不設平臺，玩者都站在木板上。玩時一人手持鐵桿單腳站盤邊，另一腳踏地使盤轉動，至適當速度由盤自轉，若高速可使人目眩；另有頑童愛雙手持鐵桿站盤邊，弓身半離轉盤外，轉時產生刺激的離心力，但稍不握緊鐵桿有飛墮之虞，傷可見血。

不繞圈來回的設施有滑梯，從高處滑下去，是不容回首的單程路。然而它像公園一切遊樂設施，稍具創造力的兒童都不按正常方法遊玩。滑梯本由高處滑下，具創造力的兒童卻喜歡由下沿鐵板攀上去，直至木構高臺，他們以起點作終點、以無法為有法，木構高臺成為他們的偵防哨站，是集體精神堡壘、反攻敵人的大本營。

滑梯旁邊通常是一排木條長椅，有些公園在長椅前方設置沙池，小孩都喜歡在沙池上建造他們沒有學校的理想城市，然而接近竣工時，總有一黨宇宙怪獸侵至，大腳踏毀了安定繁榮之都，小孩立即變身作超人，與怪獸在硝煙瀰漫的廢墟中技擊互鬥，扭作一團。

屋邨公園特有水管形圓筒，三三兩兩疊在一起。空空洞洞的圓筒是無處

油麻地京士柏公園，1974

可容的兒童最後的去處，也是他們一切的所有。當傍晚來臨，仗著屋邨窗戶傳來的光，孩子們蜷曲身體，手抱雙膝，用他們最後僅餘的祕密，創製出一個一個旋轉的星系、逐漸擴大的黑洞。夜深以後，警察探身筒內，手電筒一照，孩子說要有光就有了光。

在清拆前夕的屋邨，每幢大廈的梯間，孩子們用粉筆劃出自創的圖形，在上面跳飛機；在闃靜無人的校舍，孩子們粉碎所有玻璃，發揮暴力的本真，全力唱著跑著笑著。在清拆前夕的遊樂場，摩天輪、過山車、旋轉木馬、太空飛船，所有舊機械全部自行接通了電流，繞圈來回，起舞吧起舞吧，達旦。

浪蕩兒童圖書館

從油麻地Kubrick書店兩手空空走出來，找不到要找的書，不應該沒有的。要不要到別的書店再找？中華？商務？也不會找到，那「沒有」卻是應該。內心忽然幽暗，想放棄一切；在書店門前徘徊，不想回家，也不知有何去處，要不要找一幢夠高的大廈跳下來？這樣就會找到心中的書。

沿眾坊街的腳步，不覺間走到上海街路口，迎面是一幢很高的酒店。在這酒店未建之前，本是一幢四層高戰前樓宇，是昔日的「一定好茶樓」所在。猶如著名的「得雲」、「龍鳳」和「雲來」，同是傳統的廣州式茶樓，二樓以上是茶居，每天早上都有穿唐裝衫褲的大人手持雀籠前來品茗，一室滿是鳥語，有時還有賣歌人的歌聲。地面賣糖果和糕餅，是最吸引小孩注目的地方，棋子餅一個一個疊放在玻璃罌罐內，我腦中印記著店員從罐中取出一個棋子餅，放入我手中的一刻。

越過記憶中的「一定好茶樓」，前面不遠處是仍在營業的美都餐室，昔日原貌也大略維持，舊物原有一二倖存，我心中稍舒，右轉往榕樹頭方向，也許心中的書，可在另一處尋著。

輾轉抵達油麻地公共圖書館，正門保留從前格局，只可惜通往停車場的側門封閉了，小時都從側門進出。還有什麼舊事物可以保留?成人借閱圖書館那邊沒有回憶，也不抱持希望，那裡也不會找到心中的書，只想到兒童圖書館那邊去。

300是自然科學、700是史地，800是民間故事和翻譯小說，900是美術遊藝，我記著我經常翻閱書籍的分類號碼。科學類最常讀一套臺灣出版的少年科學叢書，我很想了解大腦的構造。那套書解釋得很詳細，後來知道都是據美國出版的科學書翻譯的；至於《十萬個為什麼》之類的書也有翻閱，總覺不足，那解答不是太簡略，而是太單向，兒童們的「為什麼」並不指向由世界提供的正規標準答案，而是藏在再下一個發問當中的，這世界不能宣之於口的祕密。

史地類讀科學家傳記，我崇拜愛迪生、萊特兄弟、居禮夫人，幻想自己成為科學家，發明用腦部「念力」開關的燈泡。那些書大部分使用中等大小楷體字，旁邊都有一列奇怪符號，後來知道是一九四九年以前通行的「國語注音符號」。七〇年代香港公共圖書館裡的兒童圖書，大部分屬臺灣出版，絕少中國內地出版的簡體字書籍，學校裡更視簡體字為洪水猛獸，嚴禁學生使用，輕則斥責、扣分，重則罰站、尺刑、記過，反映在當年的小學辦學者和教師心目中，寫簡體字不僅是語文問題，更是品德問題。這現象延至八〇年代的中學會考，仍有不成文規定考生不得寫簡體字，否則逐字扣分。

中學時代，自校外活動和書店學懂特立獨行的學生，一度視書寫簡體字和讀簡體字書籍為反叛姿態，學校愈禁愈要自發去讀去寫；如今使用簡體字自無反叛可言。今日的兒童圖書館，簡體字書籍已成多數，那是社會的轉變、時代大潮，主要的大原因我們都理解，然而那兒童式的發問、品德標準改變的緣由，永遠不會收進《十萬個為什麼》書中。

香港也有出版兒童圖書，文字類包括中國民間故事叢書、童話故事叢書等等，圖畫故事有《兒童樂園》、《小朋友》、《樂鋒報》和《良友之聲》等期刊，這些書我們也讀，但當時香港更具特色的「兒童圖畫故事」並非圖書館中的益智讀物，而是我們從報攤和可租借舊書攤讀到的《財叔》、《小流氓》、《壽星仔》、《老夫子》、《李小龍》等等具社會性和批判性的「反映現實」巨著。

不敢奢望得見《兒童樂園》等書，倒希望找到一二冊從前讀過的臺版科學家傳記或港版中國民間故事叢書。我沿著略矮書架，一冊一冊的查看，大部分是簇新的中國內地版圖書；這是當然的，今日的兒童誰會借閱舊版兒童書？我很仔細的找，不肯就此放棄僅餘的盼望，終於尋得一二冊舊版，彷彿是我從前讀過的，內心稍舒，像完成了重要大事，如今可以放心重新放棄所有：

眾書翻遍也找不回失去一頁
像文字一樣成長

填滿世界又偏離其中
常有幻聽叫我從天臺躍下
變成地面一張扁平的圖片[3]

真正來借書的兒童漸眾，許多都由家長陪同，這在從前是不可能景象，大人們為賺取生計，全都疲於奔命，兒童也樂於三五成群各自浪蕩，越過眾坊街、上海街和榕樹頭，兒童圖書館是大人們絕跡所在、兒童們遠離塵世的避難所。伏在每臺傾斜四十五度角的閱讀桌上，兒童們用堆積心中曾發問而不果的疑問，戳破所有不能宣之於口的祕密，寫就一本一本如同恆在的書。

3 陳滅，〈木馬孩童〉，收錄於陳滅，《低保真》，香港：麥穗出版有限公司，二〇〇四。

【下卷】藝文叢談

該一百一十一箱約三萬冊古籍原屬南京中央圖書館，抗戰爆發後，鄭振鐸等人憂心古籍毀於戰火，故從內地寄往香港，由陳君葆接收後再請幾位學者整理裝箱，籌措轉運安全之地，但當時已是一九四一年十二月初，太平洋戰爭爆發，該批古籍只能暫存香港大學馮平山圖書館，後來全遭日人運走，一度下落不明。

棄書與空間權力

書痴至痛處莫如棄書，書痴藏書出於雅意，雅意者毫不以實用或利益為念；書痴丟書卻只由於很實際的原因：就是再無空間或遷移變故。過去十四、五年，我的居所變換八、九次，空間時大時小，搬書甚傷，花力也費錢，丟書似乎輕盈但更痛。書有些可以賣去或送出，但許多都只能棄掉。一九九六至二○○○年間，我與朋友們辦《呼吸詩刊》和呼吸叢書，其後也零星地自己出書或替朋友編過一些書，文學書刊在市面流通時間很少，一、兩年間已大量積存在發行者或出版者貨倉，未幾他們都退回庫存，連同昔日出版後陸續積存在家的《呼吸詩刊》，占用了老家大量地方，尚倖父母寬容。二○○八年，過去替《呼吸》發行的書商，說清理貨倉才發現大量《呼吸詩刊》和呼吸叢書存貨，現須全部退回，我唯有請家人幫助，再僱用搬運公司，把書全數運返家中。

二○○九年，因家中變化，我須處理大量積壓書刊，於是先聯絡昔日呼吸叢書的眾作家，請他們取回自己著作，有的親自或派人到取，有的乾脆說都不要了，有一位考慮多時，幾天後終回覆不要，中間甚有猶豫，他也很感惋惜，無奈家裡無法容納；有一位卻不假思索馬上回覆不要，他過去出了多本書，已習見這事，對於棄書不再猶豫了。

須處理者還有千多本《呼吸詩刊》、百多本我的詩集，都在棄書之列，連同中學時代起極大量積存書刊，已盡力保留大部分，包括許多必須珍藏的書刊，但還有大量只能棄掉，其中有過去認為有趣而如今已不在研讀範圍內者，也有大量昔日喜歡收藏但並不十分珍貴、在圖書館容易找到的雜誌，如《突破》、《電影雙週刊》、《南北極》、《明報月刊》、《香港文學》、《聯合文學》、《今天》等等。以上需棄之書，少數存於租借居處，已找不同朋友賣出一些，主要部分在老家，我把它們集中一起，占去逾半大廳，請家人聯絡其他親友，有好書者或在學者可上來取書，最終尚餘多數，結果還是棄掉，一本不留。

不論從地理、生存或心理上而言，香港的空間都屬奇狹，現實上已是狹，心理和感覺上的狹，使情況更趨沉重。許多人的家居設計都是盡量把物件有序堆疊以節省空間，好書者的書一向難以用與書匹配的優雅方式放置，我們總想像用雅致書架配以小擺設、字畫把書分類安放；現實是，為節省空間，書架各書放置無法不前排蓋後排，擠出者有的往地上疊，有的向高處堆，更有大部分藏匿屋角深淵伸手不見之盡處，要取出的話要先搬出另一更大部分，或移轉另一至多件家具，最後以手電筒探照，像搜索荒野中的失蹤者。另有許多星散各處，簡單點說，實際上就是亂放。如此光景，要找出某書往往大費周章，除非是經常翻閱或很重要的書，如果突然興起想讀某書或寫文章時遇某資料須查核，花一、兩小時搜尋是稀鬆尋常的事，令人窘迫者是花費時間和勞累重重後一無所獲，最後只能放棄希望，往圖書館借。

我知這情況非我獨有，實眾人共同處境，因我們都活在同一空間權力下，只是我們應對或「應變」的方式和取捨之物不同。有關丟書的故事，我想起錢歌川《雲容水態集》有云：

> 我們在一個地方，安定地住下來，說開始買書，除了職務上所需要的用書之外，還要買自己所喜歡的無關本職的書。在一個地方住得越久，蒐集的書也就越多。到了要遷從的時候，書籍就好像不動產一樣，真不容易帶走，結果就是丟書的時候了。平居時是一本一本地買，遷居時便是大批大批的丟。[1]

這也是許多人之共同，錢歌川所言「一本一本地買」最後「大批大批的丟」便是我上文所說的痛。香港藏書家黃俊東（克亮）也曾引用錢歌川的故事，再續說他本人的棄書經驗：

因為時間匆迫，書籍亦多，無暇挑選出一些要留下的書，就讓其搬走，於是一些日後想要一看的書也只好嘆一去不返了。最欣慰的是常聽到一些朋友說：「我在舊書店買到你的一些藏書，上面有你的印章。」[2]

前年我有幸在香港書展的座談會後向黃俊東攀談，我忘了告訴他，我的書房也有幾本，多年前在舊書店買到原屬他的書，其中一本扉頁上蓋有他一枚半朱文半白文印章。

如果丟書是痛，黃俊東提到遇朋友買到他散出的書，便是療傷之寶藥，我多欣羨他得遇這樣的事，如果我在此呼問，可有讀友曾保存我散出的書，

---

1 錢歌川，《雲容水態集》，香港：三聯書店，一九八六。

2 克亮，〈閑話丟書〉，《讀書人》第一五期，一九九六年五月。

恐幾乎認定必無回音，我只能想像，散出書本前赴的是另一逆反此地空間權力的國度，它們永遠不需再度被人離棄。來不及向散失的書籍話別，再見，這空間容不下你們，他方總有你們的生存地。你們要離去了嗎，但願他日我前赴的地方也同。

護書者的信念

棄書故事，尚可談者是侶倫，一九四一年底香港淪陷，侶倫為逃離日治之地，不得已變賣藏書，那是他生平最大規模散書一次。戰後回港，仍一再搬遷，再有多次散書；其時香港舊書店蓬勃，他把書拿到舊書店變賣，但只換來賤價。有一次，他把疊起來兩尺高的書拿到舊書店，索價兩元，可是：

老闆用鄙屑眼光看看那些書之後，只願付我所要求的半數。我只好將就。回去住處不久，一個愛逛舊書攤的朋友來訪，手上拿著一隻報紙包裹，他笑著把包裹打開來，是一本廚川白村的《文學十講》。他問道：「是你賣掉的罷？」他是從我曾經加工裝幀這一點認出來。我問他買了多少錢。他豎起兩個指頭：兩塊。這一刻，我不知說什麼話才好了。[3]

儘管價賤，書籍輾轉流通到底是好事，動蕩時代中，藏書的雅逸更難保持，黃俊東〈閑話丟書〉一文後半段引用那已成經典的李清照〈金石錄後序〉，力陳亂局中還有更令人神傷的故事。

走筆至此，實不願讓棄書的話題沉落下去，棄書的反面是護書，大概應有振奮人心的故事。我朝另一個方向再尋，讀到宋路霞〈寶禮堂往事〉，記錄太平洋戰爭爆發後，上海寶禮堂承繼人，粵籍的潘世茲恐所藏宋版珍本落入日軍之手，與當時英國駐上海一文化機構商議此事，英方特派軍艦護送過百種逾千冊寶禮堂宋元古籍抵香港，存放滙豐銀行保險庫，一放十年，其間美國人、日本人設法收購，潘世茲不為所動，直至一九五一年，宋路霞在文中云：「潘先生從香港致函國家文物局局長鄭振鐸，主動提出將寶禮堂藏書全部捐獻國家，……經徐伯郊往返奔走，此大宗瑰寶將於安全抵達上海，政

3 侶倫，〈苦樂談書〉，收錄於侶倫，《向水屋筆語》，香港：三聯書店，一九八五。

務院又為此特批了專列，由上海直運北京，入藏北京圖書館善本室。」[4]

潘世茲是上海藏書家潘宗周之子，一九三九年得英國劍橋大學碩士學位，曾任上海聖約翰大學歷史政治系主任、教導長、代理校長，一九四九年後任復旦大學外文系教授、圖書館館長。有關他五〇年代以後的遭遇，記載不多，待讀到賀越明二〇一一年刊於《上海書評》的〈「寶禮堂」後人〉一文，始知潘世茲在「抗美援朝」運動中飽受批判，賀越明說潘世茲「被迫檢討崇洋媚外的資產階級思想及生活方式」，一九五七年被劃為「右派」，文革期間再遭批鬥，以「反革命罪」判刑入獄七年，「受盡難以言狀的侮辱和折磨」[5]。

香港匯豐銀行保險庫保存寶禮堂藏書十年，租金由潘世茲支付，藏書占地甚多，每年保險庫租金耗費不輕，潘世茲想必無悔，無論往後際遇如何，那是時代問題，與書所涉的理念無尤。說起香港匯豐銀行保險庫，亂世中原也曾讓不少古籍免於兵禍。抗戰期間，大量內地古籍運往香港暫託，經手人是時任香港大學中文學院主任許地山和圖書館長陳君葆，二〇〇四年出版的《陳君葆日記全集》中，一九三八年一月六日有這樣的記載：「徐森玉的漢代木簡共五箱今日用副監督的名義寄存在上海銀行的保險庫裡，午間由我親自送去。」[6]許地山和陳君葆為保存內地典籍勞心勞力，除少量寄存保險庫，其他大部分都寄存在香港大學馮平山圖書館中，陳君葆同一日記條下談到另一批抵港古籍時記云：

並不是像張眉升長途電話所說由泰山船運來，而是由西安輪，因此頗有多少耽擱，直至晚六點才由地山先生從中國旅行社把提單拿來。我們在圖書館等書來直至八點半才搬到，共五十箱，把東西放存好時已經九點多了。

許地山一九四一年病逝後，重任落在陳君葆身上，同年十二月底日軍攻

4 宋路霞，〈寶禮堂往事〉，收錄於周退密、宋路霞，《上海近代藏書紀事詩》，上海：華東師範大學出版社，一九九三。

5 賀越明，〈「寶禮堂」後人〉，《東方早報．上海書評》，二〇一一年十一月二十七日。

6 謝榮滾主編，《陳君葆日記全集》，香港：商務印書館，二〇〇四。按：日記中提及的「上海銀行」即香港上海匯豐銀行（The Hong kong and Shanghai Banking Corporation），戰後中文簡稱為「匯豐銀行」。

占香港，據小思〈一段護書往事〉云：

日軍在港陷三日後，就派出十多名軍官由憲兵隊長平川率領，到香港大學封查圖書館，在門外釘上「大日本軍民政部管理」木條。真正是合該有事，他們仔細檢查存書時，竟發現一百一十一箱已裝箱的書，木箱上寫著收件人是「華盛頓中國駐美大使胡適博士」，而付寄人是「中英文化協會香港分會秘書陳君葆」。這批共三萬冊原屬南京中央圖書館的善本書，就使陳君葆陷於險境。[7]

陳君葆因此遭日軍扣查審問，「不久，他就親眼看到那一百一十一箱善本古籍，在一九四二年一月底運離香港大學，運到何處，他無法知悉。」[8]該一百一十一箱約三萬冊古籍原屬南京中央圖書館，抗戰爆發後，鄭振鐸等人憂心古籍毀於戰火，故從內地寄往香港，由陳君葆接收後再請幾位學者整理裝箱，籌措轉運安全之地，但當時已是一九四一年十二月初，太平洋戰爭爆發，該批古籍只能暫存香港大學馮平山圖書館，後來全遭日人運走，一度下落不明。

戰後，陳君葆即著手追查那一百一十一箱書及其他古籍的下落，他跑遍港九各大貨倉，尋回部分原屬廣州中山大學與北平圖書館的書，但仍不見那一百一十一箱書下落，他不肯放棄追查該批重要典籍，一九四六年一月，他得悉外國友人博薩爾隨遠東委員會到日本執行審查日本戰爭罪行，乃請博薩爾代為留意，博薩爾於東京上野恩賜公園帝國圖書館內發現「自香港移來的中國政府的書籍」，他在一封信提到書籍轉移的過程：「請為我多謝陳君，並告訴他那些書是先寄到東京的參謀本部，再從那裡移到文部省，更或由文部省轉移至上野公園帝國圖書館，其時約為一九四四年夏季。」[9] 該一百一十一箱書最終由日本完整運返中國，完成陳君葆的護書壯舉。

讀過潘世茲與陳君葆的護書故事後，知道香港曾發揮這樣的作用，使我內心稍舒。我們為空間而棄書，前人為信念而護書，幾乎是相反的行為，但

7 小思，〈一段護書往事〉，收錄於小思，《夜讀閃念》，香港：牛津大學出版社，二〇〇二。
8 同前註。
9 謝榮滾主編，《陳君葆日記全集》，香港：商務印書館，二〇〇四。

可能還有一點共通，我們都面對空間的限制。棄書使人沮喪，我也不願過分虛無，幸有前人的護書故事，以書的尊嚴和信念，抗衡種種與此相反的現實。

廣華書店和它的灰塵

一九八九年，有朋友考進了樹仁學院中文系，主持古籍導讀課的老教授開列二十四本書的必讀書目，樹仁學生都稱為「廿四味」，朋友的師兄們說全港九只有廣華書店可集齊這廿四味……

廣華醫院正門位處窩打老道，側門開在較狹窄的登打士街，正對廣華街。聽說在醫院逝世的病人不再走正門，一律從面向廣華街的側門被車載走。登打士街總有許多行人和大小商販，唯廣華街透露了一點荒涼；特別是一九八〇年代，這裡還是滿布五金行，下午經過，總聽得一片打鐵燒焊的聲音，常覺得聲音中有一點白晝的恐怖。就在滿布五金行的街道中段，有一家書店，名曰「廣華」。

昔日下課後沿窩打老道走，有時轉入廣華街，或會走進這家書店。書店門前兩側各有一個櫥窗，有點像百貨公司的擺設，不同的是，櫥窗內展放的書籍全都蓋滿厚厚灰塵，以至看不清封面。店內各書架也一樣滿布塵埃，右邊擺放醫書、科技、命理，另一邊是經史子集，中間幾排書架擺放臺版商務人人文庫、志文版新潮文庫，還有一些現代文學。每個書架都架上玻璃活門，可左右移動，但太多灰塵使玻璃不再透明。

那時我常逛的書店還有洗衣街的南山和五車、奶路臣街的貽善堂和田園等等，每家書店都有自己的風格，我給廣華書店另起一個名字，叫做「積塵書店」，廣華街就叫做積塵街吧，滿布塵埃也不打緊，每次經過我總會入內走走，除了書的氣味，還有塵的氣味，那是來自四周五金行的氣味。

一九八九年，有朋友考進了樹仁學院中文系，主持古籍導讀課的老教授開列二十四本書的必讀書目，樹仁學生都稱為「廿四味」，朋友的師兄們說全港九只有廣華書店可集齊這廿四味，我帶朋友到廣華書店，店主一瞥見朋友手上書單，便說：來找廿四味？然後很快從各書架上掏出一堆書，擺在桌上，像藥材，二、四、六、八的數著：「共廿二本，還差兩味」。那次我有點訝異，店內近大門左方有一方鋼書桌，店主總在看報，有時響個電話，絕少理會偶然進入又離去的人。在店內可聽見翻報紙的聲音，和打鐵燒焊聲，那是白晝裡唯一持續的聲音。

錢基博《版本通義》、余嘉錫《目錄學發微》、錢穆《雙溪獨語》，廿四味果然苦口良藥，可惜朋友還是很快退學。一九九一年農曆新春，我從臺灣回香港，經過廣華街，到書店一逛，鋼書桌前坐著兩父子，卻不見店主，書店明顯比平時熱鬧，有人朝店內懸掛的「廣華書店」橫匾拍照，有人訪問該父子。原來店主上週身故，嶺南學院中文學會特來訪問暫代理店務的店主之弟。廣華書店以代理臺版學術書籍和替香港及海外大專學院訂書為主要業務，故不重視門市。但這裡積塵也實在太嚴重了。我想。

店主之弟本有自己的職業，只是剛遇上年假，才能暫代店務，假期過後，這裡便要關門。最後一次，我在這積塵的書店找書，書架上連玻璃都已因積塵而發黑，我透過難以看清的玻璃，細看每本藏書的名字：右邊是醫書、科技、命理，另一邊是經史子集、臺版商務人人文庫、志文版新潮文庫，還有一些現代文學……

我逐列書架細閱，不覺走進書店深處，經過一道平日關閉而今躺開的門，走進從沒有到過的一所密閉房間，內裡滿布大部頭、沉甸甸的各種中英文學報，除了部份放置牆壁四周書架，更大部份從地面一直堆疊至樓頂天花，像舊式米鋪內堆放的米。書的氣味混和濃烈的塵埃氣味，像米的氣味。厚重學報像精密的隔音裝置，房間完全寂靜，我再聽不到打鐵燒焊聲，密閉空間封鎖了時間，堆疊是它的言語，從空洞中發出回音。

這裡是書店的心臟，又像是書店的母體、一切書籍和各種文字意念的出生地。還是相反，是這書店一早為自己準備好的墓穴？彷彿預知一切書籍和文字意念最後的去處。在那一刻我深切理解，有一天我也會歸到相近的地方，被同樣的塵埃覆蓋。書店、書籍和我，宛似同命鳥，一種命運的共同體。

翌年新春我再回港，這書店仍在，只是鐵閘和鎖都鋪滿厚灰，兩旁五金行在它門前堆起了貨物。我從鐵閘縫隙往內望，書店像一隻大蛀牙，地面隱約有零散殘留的書籍，已完全被塵埃覆蓋。這家書店和它的灰塵，歷經流轉與幻變，終於合而為一。廣華街以鄰近廣華醫院而得名。一說，廣華街以紀念廣華書店而得名。

復興書店的肥佬

肥佬的一家三代六口俱在，他們有時高聲閒話幾句、笑罵幾句，在句與句之間是汽車、音響、時裝、模型、成人、娛樂雜誌和一捆一捆的漫畫，不時穿梭三兩翻書、問價的書客，收音機同時播放新聞、交通消息、賽馬直擊，我深切記得那微熱的初夏，那龐雜而有序的都市書刊人生。

因為店鋪空間不足，復興書店的店主，又稱肥佬，每天開鋪時把一疊一疊的書籍雜誌堆放店外，至晚上關鋪再搬回店內。我總想起陶侃運磚的故事，不同的是年紀，有一次仍然健壯的他對我說：我今年六十了。尊敬之餘，我更擔心他的身體，他已多次因搬書而扭傷。有一天只見他太太和女兒看店，原來他因腰傷入院。書籍通往巍峨的觀念世界，為平凡、有限的現實帶來優雅，但也附帶著傷害，前者已為前人侃侃談論過，我深信不疑，然而後者的故事更漫長。

或者應該先從源頭說起。在我讀小學時，復興書店位處旺角麥花臣球場對面、奶路臣街與洗衣街交界的唐樓地面，是我往返學校的必經要塞。當年奶路臣街的舊書業十分興旺，具體情況早有前輩談過，我自己也在他文憶述過，這裡可補充在肥佬書店附近還間中出現一輛木頭手推車，載滿書籍，訪客圍近，不一會便沽清，現在回想，只嘆余生也晚，那時只看漫畫，但仍從肥佬書店、附近書店和木頭車上，以廉價購得多種由豪生書局和文風書局印行的日本翻譯漫畫。

中學後期，復興書店因所在唐樓清拆，遷往染布房街，我也在這時開始收集舊文學書刊，經常進出肥佬的書店，陸續收到零散的《盤古》、《文林》

和《八方》等雜誌，後來我從肥佬處收到更多奇怪的書刊，如只寫了一頁的六〇年代上海書局版《我的日記》、一九六九年以楷書具名繕寫的《雅歌》和《詩篇》精裝蝴蝶冊、缺頁且欠首冊的《沈從文全集》等等；舊籍世界的殘缺彷彿也映照著現實世界的離散，然而那殘缺的美卻為現世真正缺乏。

肥佬的主要收入還是汽車、音響、時裝、漫畫、娛樂和成人雜誌，他每天運出運入的對象；然而肥佬的商人本色並不徹底，在店內緊靠三面牆壁的木構層架上，放滿各種文史哲和社科書籍，耐心地等待合適的讀者。肥佬會把他認為有價值的書珍而重之地放置架上，一般消閒書和雜誌則堆放地面。舊書貨源來自收垃圾的工人、收買業者、貨倉工人及客人委託，八〇年代中後期的香港，移民潮澎湃，社會流動快，肥佬也不時收到新貨源，去得多了，他會記住我的趣味，介紹新進文史哲書籍；遇上久尋而不果的書，我固然兩眼發光，有時分明無用處的書，感念肥佬誠意，我也一併買下。

在炎夏溽熱時節，肥佬赤膊上身拿一張摺凳坐到店外，有時雜誌擺放至行人路旁的圍欄，他也坐到圍欄之邊，外面是馬路，再外面是火車。這樣的局面維持近十年，至九七年前後，在政權移轉以外，似有另一不知名的大變動移走舊物，復興書店於是時又須遷移，這次遷進豉油街橫巷、由他兒子開設的專售二手漫畫的店舖旁邊。差不多也就在這時，文史哲書籍貨源大幅減少，移民和拆舊樓的高峰期已過，肥佬的文史哲舊籍仍放店內層架，每次去都是那些，我已一一認得它們。

肥佬的兒子不肥，但健碩，可能與他自小幫肥佬搬書有關。在洗衣街時期已見過他，與我年齡相若而稍長，這時已結婚，其妻有天帶著小孩到店裡，剛好肥佬、老妻和女兒在隔壁店，這時肥佬的一家三代六口俱在，他們有時高聲閒話幾句、笑罵幾句，在句與句之間是汽車、音響、時裝、模型、成人、娛樂雜誌和一捆一捆的漫畫，不時穿梭三兩翻書、問價的書客，收音機同時播放新聞、交通消息、賽馬直擊，我深切記得那微熱的初夏，那龐雜而有序的都市書刊人生。

但肥佬已不能搬太多書到店外，腰痛教他不得不放緩動作，書籍為他帶來肉體上實質的損害，每一本堆放店外的書籍，像用理念構築的痛苦計量器，一格一格地刻量損傷。在最後的日子，他所有動作都已放緩，然後是一九九九年的某天，那時外面的世界正熱烈地防禦「千年蟲」侵襲，沒有人知道這種數字上或觀念上的蟲會帶來怎樣可怕的破壞。復興書店沒有千年蟲，卻有許多活潑肥胖的書蟲，我們倒沒有防禦，然而牠們也快將無處容身。

復興書店空了一半，大部份書籍已移走，但並非賣出，肥佬的書價再減，也不會如此迅速賣出，書店後期貨源大減，仍積存大量文史舊書，原來他到處聯絡教育機構，把合適的書送出。肥佬半生與收賣者、回收業者往來，最後卻不願讓書再落入他們手裡。

一九九九年夏，在香港經營數十年的復興書店結業，夜裡最後一次看著肥佬拉下鐵閘，聽著那金屬性的撞擊之聲，從地面發出，只那麼戛然一下。近數年間，我的居處數次遷徙，書量增加，空間卻遞減，每次搬書都想起肥佬，感念由書籍帶來的痛苦。書是知識和優雅，也許書還是美，可肥佬也明白，書也是負累，書是傷害。

復興書店結業後一年，肥佬兒子的二手漫畫店也結束，此後未再遇見他們。二〇〇〇年十二月，我寫了一首詩，紀念這家書店，向肥佬這位尊重書、懂得書的專業二手書經營者致意：

復興書店

每天把一斤一斤的書，從店內堆到店外

《西西弗斯的神話》，三大冊中譯《尤力西斯》
《魯迅全集》，《閣樓雜誌》，《如何成功致富》
數不完的文字，一斤一斤書籍來自一捆一捆垃圾

它們曾經一本一本的變成鈔票
奶路臣街昔日多書攤，染布房街車塵俱多
搬遷多次終隱於豉油街一後巷
兒子承繼了你，買賣更多漫畫

文字從昨日的世界撤離
逐日侵蝕你的肌肉和關節
儘管買賣減少，看不出你已年老
每天搬動自己，和自己的年齡

找尋鮮活的生命，不經意鑽進文字裡去
你所重複的你，也是我們自己

書籍無異石頭，浩浩蕩蕩
不斷滾動出你的半個世紀

夜裡傳出局勢的變動，其實是你
拉下鐵閘的聲音。最後一次，你和你的同行
成就一個反神話的神話，書籍散盡
留下鐵鏽的顏色，一個搬書堆書的動作[1]

1 陳滅，〈復興書店〉，收錄於陳滅，《低保真》，香港：麥穗出版有限公司，二〇〇四。

書蟲的形狀

八〇年代的二樓書店除了售書，也承擔散播文化消息的功用，旺角的田園和南山每多星期日電影籌款廣告，有時還代售門券；青文書屋則好像特別多劇場表演海報，如進念、沙磚上、致群劇社等等的演出或相關座談消息，都是逛青文而得知。

「我可能在同一點上留得太久，生了青苔。」

——陳冠中《什麼都沒有發生》

這書店竟有三兩角落，與近二十年前我初踏足此處時無大改易，那書種，那排列，那層架的顏色，以至一些書名，我以為它仍會繼續如此延續下去，原來錯了，它很快，可能幾天之內就會消失。這城市已有太多舊物等待被毀，單純的懷舊更顯徒勞。懷舊有時作為針對當下現實的反抗，有時只是一種個人的沉溺，尤其當舊物的外殼剝落了壁爐，露出那已經鏽蝕不堪的記憶。

最初是因為參加青年文學獎的徵文，再從他們的刊物上知道青文書屋的名字。聽說青文與青年文學獎有很深淵源，店名根本就是青年文學獎的簡稱。一九九六年我與一起辦詩刊的朋友，訪問早期的文獎幹事陳錦昌、張楚勇、馬輝洪，又邀請其他多位文獎幹事舉行青年文學獎回顧座談，再次印證了這點。青文書屋在一九八一年開業，我則在一九八八年間開始涉足該處，那時灣仔還有三益、森記等書店。

八〇年代的二樓書店除了售書，也承擔散播文化消息的功用，旺角的田

結業前的青文書屋，2006

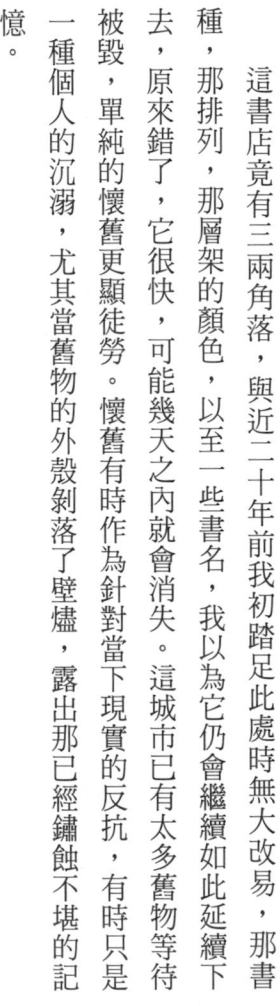

園和南山每多星期日電影籌款廣告，有時還代售門劵；青文書屋則好像特別多劇場表演海報，如進念、沙磚上、致群劇社等等的演出或相關座談消息，都是逛青文而得知。全盛時期那狹長樓梯的兩旁都貼滿各種演出和講座的海報，書店門前擺放單張的層架則擺放至今，九〇年代前半葉湧現多種小型獨立文化刊物，它們大多在書店及表演場地免費派發，如《病房》、《工作室》、《女風．流》、《前線》、《越界》，在旺角未必找到，卻總能在青文一次覓齊。

除了一般文史哲，青文也特多冷門書種，別家書店不賣的他們都有，如臺灣唐山書局的「戰爭機器」叢書。共用同一單位的曙光圖書也提供挑選過的英語人文社科書。因著當中的特殊書種，曾幾何時，青文與曙光不單買書者眾，盜書者也多，有段時期規定顧客進門後須放下背包於靠近入口的架上；然而這樣也遏止不了失書，聽說有盜書者專以英文社科書為目標，用裡應外合手法，一人在店內挑選獵物後拋出窗外，另一人在街上接應。

一九九七年以前，香港各種示威遊行多以灣仔皇后大道東與黃泥涌道交界的新華社為終站，青文也成了遊行者的聚腳點。回歸之後，特別在二〇〇〇年代，青文的讀者確實驟降，原因是否與遊行路線改變有關，還有待日後的研究。今日的青文像一家一人運作的出版社兼貨倉，多於一家書店。

八〇年代的青文已有出版業務，我手頭上有陳耀成《夢存集》（一九八七）、邵國華《解構邵國華》（一九八七）、《第十四屆青年文學獎文集》（一九八九）、羅貴祥《大眾文化與香港》（一九九〇）、章嘉雯（即呂大樂）《攜改錯液赴考的一代》（一九九〇）幾本，大多是薄薄的一百五十頁左右的書。

約九〇年代中期，改組後的青文出版了《香港文學書目》，稍後再有「文化視野叢書」，陸續出版了十多種，最初以其風格獨具的裝幀設計，在各大書店顯得矚目，可惜後來蹤跡漸杳，聽說因為發行等問題未解，最後幾乎僅見於青文自己的店裡，且從地面堆疊至腰間；但有好幾種明明在大專圖書館裡一再被輪候預約，許多學生至學期終結也無法得閱那參考書單中的書，他們從未聽聞世上有青文，不過知道又如何？這是二〇〇〇年代，他們寧願到圖書館輪候預約，也無意跑到灣仔尋訪我們傳說中的青文。

昔日上青文為得悉文化資訊，今日上青文是為懷舊。書店面向入口的一列擺放中外文學至電影、藝術和文化研究書的層架，其擺書的次序以至部分書籍及其位置，竟與我一九八八年初訪時無異，許多新書已成舊書以至「藏書」，連圖書館也未必有；像八〇年代一些標價人民幣0.52或0.81元的書，仍放在書架上。八〇年代的二樓書店對簡體字書曾以人民幣定價乘以十發售，後來乘六、乘四，這歷史全都放在青文的那一列書架上，像一座無人的簡體字書人民幣定價及換算博物館，無聲展示著。

昔日上青文為訪求別處所無之書，今日上青文仍見大量別處所無之書。這種「別處所無之書」，最大量就是前述的「文化視野叢書」，一系列幾乎都齊全了；此外也有多種早已絕跡於其他書店的文學書和雜誌，如智瘋的手製鐵匣包裝詩集《停屍間》、梁秉鈞第一本詩集《雷聲與蟬鳴》、八〇年代明信片形式出版的詩刊《秋螢》全套，臺北正中書局版《徐訏全集》全十五冊，以至大量過期的《聯合文學》、《香港文學》、《詩潮》、《青文評論》等等，還有許多許多，它們一方面治療我不可救藥的陳氏綜合強迫性懷舊症，另方面也組成了香港唯一由書籍自己擔任義務導賞員的冷門文學出版暨發行史主題博物館。

無論來自外力或內部，對於舊物的摧毀，大多時候連看最後一眼的機會也無。有關青文的回憶還有許多，但再多寫也俱屬自我沉溺，懷舊確然是病，但可讓物件自我展示其歷史的機會也無多。我最後在書叢中瞥見一書向我喊話，暗啞的聲音聽不分明，微動嘴角隱見話語的形狀，彷彿只見煙，卻無焰。撥開遮蔽物，我看清了書名：那是「文化視野叢書」裡的陳冠中《什麼都沒有發生》。

貽善堂的天使

書店面向窗戶的橫樑上，高掛著「貽善堂主人」的半身黑白遺照，還有些題字，大概是銘傳或格言之類。照片中的貽善堂主人身穿唐裝，一派民國初年文人的風範，頭髮半白，臉型豐腴，淺露微笑，無論走到書店哪一角落，他都親切地看著你。

八〇年代另一家常去的書店，是貽善堂書店，位於奶路臣街與西洋菜街口一幢唐樓的二樓。那時逛書店的選擇多得很，田園、樂文布置明淨；南山、五車感覺古樸，而作為一家售賣新書的書店，貽善堂未免過於散亂，書種亦蕪雜，靠窗一整架書甚至蓋著厚灰，長年如是。

但人的喜好是很難解釋的，我就是喜歡這家書店。下課後，它總是我逛書店的第一站。其實貽善堂也有許多好書，店主對現代文學有獨特口味，除了當時常見的五四作家選集，如香港三聯書店出版的一套「中國現代作家選集」和香港文學研究社出版的「中國現代文選叢書」以外，還穿插許多南洋作家的詩集文集，如新加坡蕉風出版社的「蕉風文藝叢書」，很少在其他書店見到。

書店面向窗戶的橫樑上，高掛著「貽善堂主人」的半身黑白遺照，還有些題字，大概是銘傳或格言之類。照片中的貽善堂主人身穿唐裝，一派民國初年文人的風範，頭髮半白，臉型豐腴，淺露微笑，無論走到書店哪一角落，他都親切地看著你。我總想像有關他的故事，也許他或他的下一輩，如同眾多播遷香港的文化人，有許多未遂的夢、未讀完的書、未寫完的信；我想說，一切未完成的，就由我來接續吧。

店主是外省人，有時晚上或假日下午，他的兩個女兒會來幫忙，他們三父女在店內以不知名的方言閒談，軟語間雜低沉，略去了語義，像一種純粹的音樂，縈迴於書頁。我唸中一那年開始逛這家書店，直至唸完中六之後一年，到臺灣升學時，書店的一切毫無改動，那時社會格局不常變化，許多店舖都在同一地點維持多年。某年寒假我從臺灣回來，推門赫見這裡已變成另一家書店，昔日位於洗衣街的樂文書店，不知何時已搬到這裡。我認得地面的水泥細花階磚，肯定原址是貽善堂沒錯，遂走到櫃臺去問：請問以前的貽善堂搬到哪裡了？答曰：他們好像已沒有做啦。

貽善堂書店

在沉甸甸的日子發現這書店
書本上空翻湧灰塵，在窗邊
閃爍字詞如蠹蟲偶現，只那麼顯現一次
攀爬過各式階梯，我是放學的蟑螂
在書店傾聽收音機裡的故事

點唱和報時。透過斷續電波
以恆常而短暫的寂靜，在故事以外重組故事

再尋找失去的字詞，最記得在雨季
書店窗邊總有特殊氣味
外面下著大雨，書頁迅速翻過
雨聲龐大，帶著摧毀的力量
不知要改變些甚麼
從文字裡分心，無法不望向窗外
我也不知自己尋找什麼，閱讀什麼

橫樑懸掛貽善堂主人的黑白遺照
鑲嵌在歷史裡的微笑不真實
卻比真實可信。從不知名的歷史
延續至他所凝視的雨後，無論初春和冬寒
我都會到來，成為他的信使

未寫完的信，由我來延續
替他傳話，說故事給我心中的天使

檯面上擺放的暢銷書
一本一本地被誰人帶走
我稍稍察看，來不及告別
只有店主女兒在收銀機前叮叮彈奏
低唱驪歌，為整個八〇年代的逃遁送別

書本上空翻湧的灰塵
永遠在浪蕩，從不著邊際的空間
輾轉飄流至另一個城市
若干年後，我回來
這裡已變成另一家書店[1]

1 陳滅，〈貽善堂書店〉，收錄於陳滅，《低保真》，香港：麥穗出版有限公司，二〇〇四。

冷門書刊堆疊史

青文書屋原為一群青年文學獎搞手於一九八一年開辦，一向以售賣品種齊全的人文社科書而著名，全盛時期是文化人聚腳點、示威者的歇腳處（特別在九七前以新華社為示威總站的年代）以及文化訊息的集散地。

一

二〇〇六年九月，青文書屋結業，但沒有像一般倒閉店舖般進行清貨，主事者羅志華低調的執著、絮絮的沒好氣般的語言、半分不顯著的憤懣，像極了他身邊堆放的銷情不佳的書籍。他總有新的計畫，暫把門市結束後，書還可擺在貨倉，讀者仍可來買，書仍可發行，是以沒必要清貨。他向我出示新租的貨倉平面圖，說空間比書店還大，有興趣的話可以搞些課程或講座。未幾我忙於十二月的牛棚書展，書展結束後再找到兩份兼職，就把事情淡忘去。

二〇〇七年九月，羅志華約我到他位於大角咀埃華街的貨倉，說要結束租約了，叫我來取回自己的書。上門所見，已全非昔日書籍堆疊如山的模樣，除了幾包青文出版的文化視野叢書，半曲尺型的單位內，已幾近空置。羅志華仍如昔時，坐近大門位置，對著他的MacBook工作。青文結業時，許多賣不出的書籍，其實也是別家書店所無的絕版文學書，如臺北正中書局版《徐訏全集》、多屆青年文學獎得獎文集、智瘋的手製鐵匣包裝詩集《停屍

青文書屋主持人羅志華，2006

間》、梁秉鈞首本詩集《雷聲與蟬鳴》等等，還有許多大型畫冊，這批書何在呢？

答案很荒謬，這批書在青文營業時銷不出，結業時去不盡，擺在貨倉仍夢想有天再有讀者來買，不清貨也不平賣的青文藏書，卻由於租賃影印機的債務，被相關公司申請清盤，執達吏上門把所有書都查封運走，債權人的處理方式卻不是拍賣，只作廢紙賣掉。在一個中環價值至上的世界裡，書籍原來連夜冷貨物也不如，債權人只計算最高回報、盡可能抵償最多損失的作法，就是賣作廢紙。這是書來的，是徐訏，青年文學獎，香港文學……

青文書屋原為一群青年文學獎搞手於一九八一年開辦，一向以售賣品種齊全的人文社科書而著名，全盛時期是文化人聚腳點、示威者的歇腳處（特別在九七前以新華社為示威總站的年代）以及文化訊息的集散地。我則於八八年間開始涉足該處，打打書釘，記得曾見店裡的人在收銀櫃臺上整理《第十四屆青年文學獎得獎文集》的書稿，我是那一屆的初級組得獎者，所以印象特別深刻。約九〇年代初，店面負責人換了面孔，就是羅志華，他大概於當時前後接手青文吧。九六年因《呼吸詩刊》的銷售等事和他接觸，二〇〇一年間與葉輝、崑南和廖偉棠辦《詩潮》，最初手製，由影印、分頁到釘裝，全於青文進行，羅志華負責排版和影印，分頁和釘裝由每期主編找來文學義工幫忙。同年七月，《青文評論》創刊，以同樣的手製方式出版，羅自己也以吳知為筆名，在該期發表太極拳評論。

傻勁到底難以持久，《詩潮》翌年申請資助出版，《青文評論》出了創刊號後停頓下來，《詩潮》得資助後一年也停刊，但羅志華的傻勁變本加厲，二〇〇四年《青文評論》以彩色影印重新出版，且在中間加印全彩拉頁式的詩頁，羅為此技術問題耗費不少心力，他對文學的尊重、認知以及一股我輩中人的傻勁，足可感念。二〇〇七年九月那天就是最後一次會面，他說貨倉的租期將結，然後向我出示另一份申請表和平面圖，原來他有意申請一個租金廉宜的石硤尾藝術村單位，以青文或其他名義，東山再起……再見，充滿理想的羅志華，你總有新的計畫。

二

二〇〇八年二月十九日，我當時在中文大學新亞書院錢穆圖書館當副研究員，上班期間，友人來電告知《蘋果日報》刊出書店老闆在貨倉內被書壓死的報導，他說死者是羅志華，我不相信，認為是報紙誤報，中午我致電另一位朋友查問，亦未能證實，羅志華的電話當然也不通，留言也沒覆，朋友表示從報紙所報導的貨倉、住址、特徵看來，很可能屬實。

翌日《明報》再以「書堆壓死青文書屋老闆．葬身貨倉十四日始揭發」為標題報導，朋友間亦證實了消息。青文書屋結業後，滿懷理想的羅志華，把大量書刊存於貨倉，不時前往整理，後來被債主索走大部分存書，他再租用另一較狹窄貨倉，儲存餘下的書刊。二〇〇八年二月四日，時值農曆年廿八，許多人回家準備過年之際，他獨自在貨倉，也許不慎被高處墜下的書擊中，終因失救致死，至二月十八日始由保安員發現，屍身被壓在二十多箱書籍下。

三月七日的羅志華追思會上，我報告了二〇〇七年九月到羅志華在大角咀埃華街貨倉的所見及羅所告知的執達吏上門情形。會後有觀眾告知曾在深水埗一處夜冷店見有來自青文的書出售，於是我和朋友按址訪尋，買回了一些文化視野叢書；店內還有其他書，我們向店主打聽，證實是來自青文貨倉的書，應是執達吏清盤後散出的。

談論青文不純為紀念羅志華，青文實是香港僅存的冷門書刊銷售點，有如臺灣的唐山書局，每個城市都應有一、二處這樣的書店。青文於八九〇年代可以生存，何以二〇〇〇年代急轉直下，部分是經營手法問題，部分是時代問題，已難以深究。藏書、讀書、著書，一再讓書本堆積生命，在生命的不同階段，辨雜誌、編書著書，就是看著它們於書店積存，退書後再堆放家中，我知許多朋友都有共同境況。書籍本可締造優雅，但一切無以名狀的原因，使它帶來更多的詰問和猶疑。

少年時代的某刻，發現了詩，也遇見教我觸動的書，從此詩路書影相隨，不覺已近半生。帶著抽象的詩和具體書本，不知還可以走向何方，有幸遇見前人和三兩同路人，交換一下書的話題，噢，你手捧著的好像正是我久尋而未見的書？藏書、讀書、著書，我仰望的群山如關卡重重延伸，彷彿另一處理念的根源，呼召的聲音如蟬噪鼓動我攀登。但是山的後面還有什麼？偶遇的前人，三兩同路人，我們還可以相遇嗎？也許，在另一家書店再見？

冷門書刊堆疊史

翻過許多書頁像經歷長途，它的書寫

如同朋友一起走過字裡行間小徑
某年某月從維園經怡和街到新華社
失散友人相約與否都會在青文再碰見

尋訪新世界的字詞，想像它改寫天氣
我們的生活像一部冷門書刊堆疊史
書籍疊高、裝箱搬運又苦心整理
認出失去字詞仍在手邊，然而時代……
時代沒什麼，是我們甘於被自己離棄

疊高一些再一些我們的書籍
如時代的新廈止不住向天空奔往
時代的結構穩固只有我們的書籍
我們疊高的書籍，某天從心中崩塌
散落苦苦注釋的字句，還有什麼意義？

還有許多意義，還有的
只是注釋都不必在乎——還有誰在乎？
路線、禁忌和論辯，全都沒有收錄
在這時代新著的《十萬個為什麼》裡

共朋友及陌生人走過字裡行間小徑
失散友人多年後又在青文書屋碰見
只是一堆奄奄一息的書，仍有體溫的
仍想吐露失去的字詞在那許多年後
我們可以相約嗎在另一家書店再見

不用找了我已把書籍疊高再疊高
不知是空間更小還是書籍更多？
不用找了失物就藏匿在自己屋裡
直至它從心中崩塌才會再看見

我們已慣於這樣，然而時代……
時代沒問題是我們的生活脆弱
有什麼關係我們的生活不那麼實際
可是我們散聚的朋友各自從心中崩塌
活像一部冷門書刊堆疊、出版暨發行史！[1]

1 陳滅，〈冷門書刊堆疊史〉，《明報・周日的詩》，二〇〇九年三月一日。

最後來到東岸書店

那時約朋友見面，總喜歡約在東岸見，有外地朋友來港，帶他到旺角的書店，沿西洋菜街一路北行，經榆林、田園、樂文、洪葉，最後就來到東岸。那是最舒服的書店，絕不因為人流較少，而是書種都親切如前輩、如友人，值得仰視，值得捧在手中。

失落的人面

時維一九九八年，沿西洋菜街一路北行，經榆林書店、田園書屋、樂文書店、學津書店、文星書店、洪葉書店，最後就來到東岸。

每家書店氣氛各異，像氣質不一的朋友，不同書店，可以展開不同的話題，或遇上不同的舊友。仍記得每家書店擺放書籍的位置，不怕書籍失落，只怕失落了人面。

一九九八之後是二〇〇三，緊接是二〇〇八至現在二〇一三，我變得害怕經過西洋菜街，怕它那空蕩蕩的模樣。現在的西洋菜街比香港過去歷史上任何時期都要喧鬧，但失去了東岸、洪葉、文星、榆林，現在的西洋菜街卻又是最空寂的時期。

失落了書店，也就是失落了人面。

「莫開簾。怕見飛花，怕聽啼鵑。」

我城可會有此感應？

東岸書店最後一天，2004

東岸時光

二〇〇九年二月我第一次到臺北書展，參加《字花》與Kubrick舉辦的活動，更承舊香居邀約，主講「書評的微光」座談，與臺灣友人談論書評的寫作，也談起香港的書店，其時羅志華逝世一年，香港剛出版了紀念文集《活在書堆下》，使我一再憶起十分懷念的東岸書店，一家與詩結緣的書店。

「東岸」的創辦者及股東，葉柏操、梁志華、陳敬泉等都是詩人，他們都是一九九六年間組成的「我們詩社」的成員。書店開辦後，請來的店員，包括廖偉棠、袁兆昌、徐焯賢、可洛、智海等，也是詩人和畫家。書店一角設有擺放中外詩集的專架，後來書店因租金等故，兩度搬遷，詩的專架始終維持。

但擺放詩集與否還不是最重要，一家書店最重要的始終是人，東岸的主事者和店員，一個一個都是赤誠的人。從一九九八至二〇〇二年，東岸辦了多次大大小小的詩會，有過很多熱鬧愉快的時光；但在營業的平日，有時也難掩寂寞的面容，就因為它始終不肯販賣大眾暢銷書嗎？無論它如何受到詩人、作家、學者和教師的支持，無論它辦了多少次詩會，售出多少詩集、小說和文集，只因為它不肯販賣暢銷書——原來真的這樣簡單地，就難以經營下去。

離別、結束、失敗，都是傷感的，尤其它還是關乎公共文化層面的問題，但在此又何必多談？不如盡量記述些愉快的片段？東岸的詩會、一個一個的朋友，書架上的書，還有那些部分據知是書店主事者從內地書店，以手提方式運回來的書本：一整套的《現代》重印本、《彊村叢書》、《沈從文別集》、《世界詩庫》，更難得是在書店碰面的朋友，在書店讀到的詩，話語間的交流和等待，一切那麼愉快，那麼哀傷。

東岸之詩

東岸的主事者、店員和顧客都不乏詩人，我們為東岸寫過許多詩，在我印象中，梁志華、胡燕青、鄧阿藍、洛楓、廖偉棠和遙都寫過，洛楓的〈詩聲喧嘩〉寫於東岸書店兩週年紀念朗誦會後，記錄一次熱鬧的歡聚。梁志華〈在旺角的街道尋找一所書店〉和廖偉棠〈多少年後，當我們說起一家書店〉

兩首詩都是寫給主事者之一陳敬泉，梁志華和陳敬泉都是東岸的主事者，廖偉棠是店員，這兩首詩，前者寫於一九九九年，敘述作者與陳敬泉到旺角尋找舖位、洽談租金的經歷。後者寫於二〇〇一年，想像許多年後與陳敬泉一起回憶東岸書店時的情境：

多少年後我們才看到，
它薄弱的光，燃燒的是冰，搖曳
到無何有之地，我們的腳踏不到的天邊[1]（節錄）

廖偉棠這二〇〇一年的回憶，到如今仍是新的。胡燕青〈天空的邊緣——給志華和東岸書店〉、遙〈想像中的東岸最後一夜〉二首則同寫東岸二〇〇二年的結業事件。我記得，那就是二〇〇二年十二月三十一日，晚上在東岸書店舉行結業詩會，同時也是我首本詩集《單聲道》的發布會，該書也成了

1 廖偉棠，〈多少年後，當我們說起一家書店〉，收錄於廖偉棠，《和幽靈一起的香港漫遊》，香港：Kubrick，二〇〇八。

東岸書店最後一本出版的詩集，列入「東岸詩叢」之八。我應該說，我是趕上了，還是已錯過？我對這時代的感覺也如是。

鄧阿藍〈白色書店——一間結業的書店〉發表於東岸結業日之前，二〇〇二年十一月號的《詩潮》，也是寫東岸的結束，有這樣的句子：

結業後木門關上
殘書滲出化白的血液
一點一滴的
仍流淌書本的體溫[2]（節錄）

現在讀來，二〇〇二年寫成的詩，竟也遙遠地預示二〇〇六年青文書屋結業和二〇〇八年羅志華的逝世。失落了書店，也就失落了人面，我們和這城市失去的，比現實上的一切還多。

我城可會有此感應？

最後就來到東岸

東岸書店開業時位於旺角西洋菜街，約二〇〇二年初曾搬到油麻地彌敦道，約大半年後再搬回旺角亞皆老街。因著幾位股東轉任教師或其他工作，約一九九九年下旬起，他們邀請焯賢到東岸任職，主持店面日常工作。焯賢就讀中大時曾加入我和朋友創辦的《呼吸詩刊》，為編委之一，碩士畢業後曾於中華書局工作，對出版工作很有自己的見解。二〇〇〇年間我有一段時期轉任兼職工作，較多時間到東岸看看書，或與焯賢聊聊天，記得也和他一起主持過幾次詩會，分別聯絡些詩友來聚會，合作得很愉快。

有一次東岸與智海、阿高等畫家合作，辦了個漫畫展，也請幾位詩人朋友，包括飲江、梁志華、袁兆昌等就畫而寫詩，那時我正與葉輝等人合辦《詩潮》，到我任主編那期，也辦了個「詩與漫畫」的小輯，把東岸展出的漫畫和詩都收錄，還請智海和焯賢撰文，也是一段愉快時光。

2 鄧阿藍，〈白色書店——一間結業的書店〉，《詩潮》第十期，二〇〇二年十一月。

西洋菜街時期的東岸，約二〇〇一年間，收銀臺前靠牆位置有一長條座位，我看書買書後有時到那邊坐下，與焯賢有一句沒兩句地談，有時整個下午竟沒有其他顧客來訪。那時約朋友見面，總喜歡約在東岸見，有外地朋友來港，帶他到旺角的書店，沿西洋菜街一路北行，經榆林、田園、樂文、洪葉，最後就來到東岸。那是最舒服的書店，絕不因為人流較少，而是書種都親切如前輩、如友人，值得仰視，值得捧在手中。

話題可以繼續下去，尚有許多未盡的話，相約的友人還在途上，另一久未碰面的朋友又在東岸遇見。還有許多專程來找書的讀者，來對了，東岸正有許多別處所無之書。廓清紛擾物象，我們終會找到久尋而未得的書：

東岸書店

與你閱讀一條街裡的書店
像逛公園
又轉摩天輪
最後來到東岸書店

碰見朋友打招呼
他是一本書
我只是一個詞語
在剛才翻過的書頁裡等你

翻過這本又那本
很快翻出了一堆沙
只差浪花和貝殼
堆起了城堡再離去

有時有朗誦和討論的聲音
有時那麼寂靜
只有看店的焯賢和我
坐在岸邊等第一顆星

有人來找一本詩
藏在甚麼隱密的地方
也不在書架背後
也不在岸邊

只見地上的沙
無數人不覺間踏過
與你走過整條街裡的沙灘
最後來到東岸書店[3]

3 陳滅，〈東岸書店〉，收錄於陳滅，《低保真》，香港：麥穗出版有限公司，二〇〇四。

日軍在一九四一年底攻占香港後，把廣場所有銅像運返日本，部份熔掉「循環再造」為軍用物資，戰後交還倖存的維多利亞女皇及昃臣等幾尊銅像，但其他皇室成員銅像及梅含理銅像相信已熔掉。

詩人筆下的港督

一

詩人鷗外鷗曾在一首寫於一九三九年的詩中描述過港督梅含理（Sir Francis Henry May, 1680-1922）的銅像，但該銅像的位置和形狀一直是個謎，為此我曾翻查多種香港歷史圖冊而未有發現，終於在二〇〇七年出版的朱維德《香港舊景掌故新談》得知線索，再從香港政府檔案圖片得見一九二〇年代豎立於皇后像廣場的多尊銅像，其中一尊就是當年詩人所見實物，以照片所見比對詩中描述，更見其對殖民象徵物的反諷指向。

一九二〇年代的皇后像廣場原名「中央廣場」，亦有「皇室廣場」之稱，除了維多利亞女皇銅像以外，也豎立了多位英國皇室成員銅像，而較少人提到的是，港督梅含理逝世後，除了有紀念他的山頂梅道（May Road），也有銅像豎立廣場。鷗外鷗在〈和平的礎石〉一詩仔細描述梅含理銅像，特別強調其以手托腮的姿勢及銅像間的苔蘚；與豎立銅像的原意相反，該詩的描述非為紀念，反而結合當時維港的軍事布防形勢，針對殖民地政府面對戰爭的無力，作出一點批評。

鷗外鷗少年時代居於香港跑馬地，二〇年代中期離港赴廣州讀書，廣州淪陷之後再來港，曾任教於中學，三九年出席中華全國文藝界抗敵協會香港分會的成立大會，同年發表一系列題為「香港的照相冊」的詩作，除了詩的想像和理念，也記錄了不少已消逝的都市景觀，如〈禮拜日〉寫位於灣仔電車路交界的循道衛理聯合教會香港堂、〈和平的礎石〉中的港督銅像和維港的軍事布防等。

日軍在一九四一年底攻占香港後，把廣場所有銅像運返日本，部份熔掉「循環再造」為軍用物資，戰後交還倖存的維多利亞女皇及昃臣等幾尊銅像，但其他皇室成員銅像及梅含理銅像相信已熔掉。實物雖然無法目睹，據政府檔案圖片，銅像坐在椅上、左手肘靠著扶手、拳半握微托著腮的姿勢，正與鷗外鷗〈和平的礎石〉一詩的描述吻合，該詩把握住銅像若有所思的神態，再寫維港海面的戰艦和潛艇，因應戰前局勢，作出帶點挖苦式的想像：

從此以手支住了腮了。
香港總督的一人。
思慮著什麼呢？
憂愁著什麼的樣子。

向住了遠方
不敢說出他的名字，
金屬了的總督。
是否懷疑巍巍高聳在亞洲風雲下的
休戰紀念坊呢。
莫和平的礎石於此地嗎？
那樣想著而不瞑目的總督，
日夕踞坐在花崗石上永久地支著腮
腮與指之間
生上了銅綠的苔蘚了——
在他的面前的港內，
下碇著大不列顛的鷹號母艦和潛艇母艦美德威號
生了根的樹一樣的。
肺病的海空上
夜夜交錯著探照燈的X光
縱橫著假想敵的飛行機[1]（節錄）

詩中的梅軒利銅像滿是憂慮，面臨著維多利亞港上巡邏的英國軍艦和潛艇，夜間且不斷有探射燈偵察敵機，卻未感安全。該詩發表於一九三九年香港的《大地畫報》，其時抗戰爆發已兩年，廣州亦於三八年失守，港府雖作出起碼的防禦，卻由於英國本土忙於抵抗德軍的閃電戰和空襲，無暇兼顧香港。詩人以銅像托腮的姿勢為一種憂慮，本身是一種創造性的理解，卻由於時局因素而更精確地描繪出真相。「支著腮」和生上苔蘚有停頓的意味，再以「金屬了的他」和「金屬了的手」作出強化，緊接是「生了根的樹一樣」的軍艦，更以肺病來形容「夜夜交錯著探射燈的X光」，這一靜一動的停頓意象進一步指向政治上的無力與徒勞，以結合了現實觀察的敏銳想像，洞悉了一個政府以至整個政治集團，在表面上「探照燈的X光」、「縱橫著假想敵的飛行機」等行動以外，實際上對戰爭的局面感到無奈。

銅像本象徵著殖民地統治的威嚴，但在這詩當中，因著戰爭的威脅，這殖民地統治形象顯得膽怯而憂慮，該詩固然沒有歌頌殖民地，亦沒有明顯的

1 鷗外鷗，〈和平的礎石〉，原刊一九三九年《大地畫報》，另見陳智德編，《三、四〇年代香港詩選》，香港：嶺南大學人文學科研究中心，二〇〇三。

批判，但在字裡行間暗示在日軍的陰影下，殖民地政府虛有其表的統治和防衛上的無力。詩中的「休戰紀念坊」即今日的和平紀念碑，原為紀念一次大戰結束，在詩中反而對應著一場即將開展的戰事及其恐懼，故這首詩題為〈和平的礎石〉並非正面讚頌，而是一種反諷。

朱自清也注意到這首語言獨特的詩，他在一九四三年的〈朗讀與詩〉一文中，特別指出「金屬了的總督」和「金屬了的手」那名詞轉動詞的用法，他說：「這二語跟第六七行原都是描述事實，但是全詩將那僵冷的銅像灌上活潑的情思，前二語便見得如何動不了，動不了手，第三語也便見得如何『永久的支著腮』在『懷疑』。這就都帶上了隱喻的意味。」朱自清討論的要點在於語文和朗誦上的問題，故沒有進一步分析最後提到的「隱喻」。倘結合對香港歷史的了解，那「隱喻」實指向對殖民地的不信任，洞悉表面威嚴的殖民地符號，內裡的空洞和虛怯。

二

另一首有關港督的新詩，我想起寫於另一段時代轉折當中，梁秉鈞的

〈悼逝去的——和金文泰香港詩〉，本是回應金文泰（Sir Cecil Clementi, 1875-1947）寫於一九二五年的英文詩〈Hong Kong-1925〉，其時金文泰正式接任為第十七任港督，亦正是梅含理銅像豎立於皇后像廣場的時代。金文泰是詩人，也是漢學家，通曉漢語，認識也熱愛中國傳統文化，任內提倡讀「漢文」，但也由於他在香港「提倡國粹」的主張，被魯迅認為是鞏固統治階層的作法，故而在〈略談香港〉文中加以諷刺批評。

金文泰以詩歌細寫港島夜景並讚嘆其美，而更內在的是其自信及延續統治的決心。原詩三節，每節六行，每節首二句連續押韻，次四句穿梭押韻；梁秉鈞以步和詩韻的方式，寫了一首形式相近的詩與金文泰對話，亦藉以回應九七回歸。〈悼逝去的〉在形式上步和金文泰原詩，卻沒有承襲原詩對香港的讚美，而對金文泰的自信及其所象徵的殖民統治，在一九九七年的歷史轉折時刻當中，提出帶一點幽默的詰問，但沒有太多否定，一方面出於對金文泰在香港的工作的理解和尊重，另方面也由於其所指向的殖民符號，在往後近七十年間已不斷變化增生。

並觀這兩首寫港督的詩，其實都是以港督作為一種殖民符號，詩的意義在於拒絕照搬符號本身意涵，作出更多近於反向的轉喻。相對於鷗外鷗的諷刺批評，〈悼逝去的〉代之以靜默，對殖民歷史、概念和符號的延續，帶著一點猶豫不定的思考：「多年來你的言語總令我結結巴巴／是冷漠還是傷感呢對於你的離去？」[2]正由於殖民符號的不斷變化增生，符號本身也更趨複雜。梁秉鈞在詩的結尾提出，殖民時代的結束，並不表示殖民符號意義的消失或殖民性的消除：「霧島迷湖連同巍巍崑崙泰山壓頂／把寶珠埋葬，這樣就完了嗎？也許？不？」[3]

鷗外鷗〈和平的礎石〉與梁秉鈞〈悼逝去的〉二詩或可作為一種例子或角度去思考，香港文學對殖民經驗的書寫，許多時候也是一種符號的轉喻，殖民經驗不完全外置，反而有部份可以內化為個人經驗，文藝以其洞察力於此正呈現出，符號作為兩種經驗的連接物，往往比真實更複雜。

2 梁秉鈞，〈悼逝去的——和金文泰香港詩〉，《呼吸詩刊》第四期，一九九八年一月。
3 同前註。

大大公司與《大大月報》

Swing的歌曲中提及的大大公司，相信是不少旺角人的集體記憶。大大原址仍在，即今日的聯合廣場，資深的太子小巴乘客，當小巴臨近該處，仍會大喊一聲：大大有落！

七八〇年代相信是香港百貨業的黃金時代，當中有老牌的先施、永安和天祥，也有中僑、華豐、大華等國貨公司，而位於旺角彌敦道的大大、大人、大元則是港資百貨，另有民生屬臺資百貨，伊勢丹、松板屋、大丸為日資百貨，還有位於上海街的李家園，昔日上海街還有多家賣白膠鞋、線衫和校服的中小型百貨公司。它們大多集中在旺角一帶，部分位於尖沙咀和銅鑼灣，再有向當時新興的「衛星城市」進發，在荃灣、沙田等處開設分店。

二〇〇二年解散的二人組合Swing有一曲〈大大公司〉，談的是已結業的港資百貨「大大公司」。以大大公司為題材相信不離懷舊，難得的是填詞者黃偉文有自己想法。當年大大公司以星期日八折一天而著名，歌曲〈大大公司〉卻反其道而行，在曲中強調「不減價、不平售、拒絕特價」，把一個商業概念逆反之後，變成個人品味的堅持，以至對主流風尚、對「市場」的抗衡：

有價無市，有氣有力，清盤封屋，都不可怕
性格最貴，我已決定，不減價
……

看夠了嗎，滿意了吧，辛苦支撐，始終不化
營業到了最尾，我也拒絕特價[1]

輕快的歌聲唱到最後，歌曲〈大大公司〉使用懷舊的符號大大公司，最後指向的卻不是懷舊，也不是商業的迎合，而是用輕快的節奏和音調，對抗市場，拒絕從俗。

這樣有格的樂隊組合自然維持不了多久，這世界就是這樣。Swing的前身本是一九九九年成立的Snowman，作品集合Jazz、R&B、Blues、Dance Beat等類型音樂，以節奏輕快的電子音樂為主，二〇〇〇年改名為Swing，可惜僅兩年而止。

Swing的歌曲中提及的大大公司，相信是不少旺角人的集體記憶。大大原址仍在，即今日的聯合廣場，資深的太子小巴乘客，當小巴臨近該處，仍會大喊一聲：大大有落！

旺角大大附近有播放港產片的麗聲戲院和放映西片的凱聲，後面西洋菜

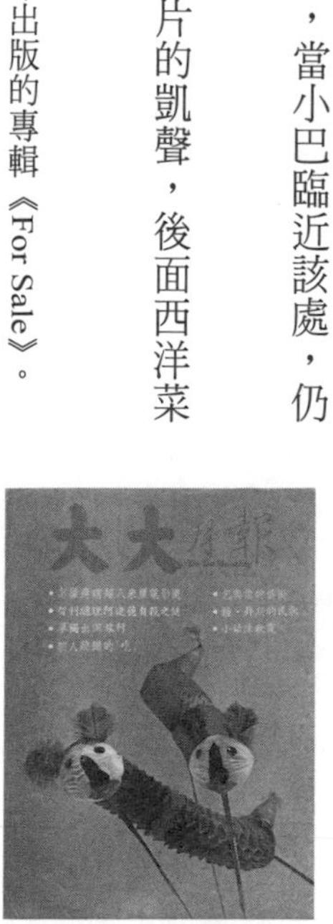

《大大月報》

1 Swing，〈大大公司〉，黃偉文作詞，收錄於Swing二〇〇一年出版的專輯《For Sale》。

街有當時只專售攝影器材的百老匯，也有著名的老牌京菜館松竹樓分店（總店位於銅鑼灣，俱已結業），可以想見當時那一帶比現在人流更盛，大大公司則是那一帶的中心地標。

在這裡值得特別提出的，是大大公司除了一般百貨業務，也出版自己的雜誌《大大月報》，但不是作為商品目錄，而是以一份綜合性文化、生活雜誌來辦。大大公司小時去過，最初由大人帶，中學時則與同學去逛，二樓有茶座，高層還有遊樂場，但不知道有《大大月報》，後來也似乎未見有人在文章談過，因此當我在舊書店遇見幾本《大大月報》時，也感到很驚訝。

《大大月報》一九七四年創刊，我手頭上的五本分別是第七、八、十五、二十和廿二期，一九七五至一九七六年出版。第七期有梁實秋的文章〈拔卓特花園——西雅圖雜記之六〉，另有王敬羲撰文談梁實秋。第八期有黃志〈安東尼奧尼訪問記〉；第十五期卷首有介紹鍾拜雅絲（Joan Baez）的文章，以〈現代的詩經〉為題，一段短介之後，再以中英對照方式，刊出三首歌的原文和作者夏思的翻譯，同期另有陳秋霞的訪問，又有專欄介紹卜戴倫（Bob Dylan）的民歌會，可見編者的品味。第二十期有夏志清寄自美國紐約的文章〈看莎莉麥蓮演唱〉，談莎莉麥蓮（Shirley MacLaine）的歌唱演出，夾雜夏公的個人回憶，由一九三二年的上海談起，言及京劇、早期荷李活女星、美國歌舞劇，當談到莎莉麥蓮在七〇年代到中國觀光後寫了一本書，夏志清說：「該書我沒有看，想來有歌頌中共之語」，似頗有微詞，下文尚有幾處談及「中共」，最後才回說莎莉麥蓮的演出。

夏志清的雜文不多見，只有一九八四年在臺北九歌出版的《雞窗集》，這書我有藏，待找出一翻，當然收入了該文，書中並於文末註有出處，原來該文原刊一九七六年五月廿二日的臺灣《中華日報》副刊，那麼七六年八月出版的《大大月報》可能是轉載，不過《雞窗集》中莎莉麥蓮譯作秀莉麥蓮，而「該書我沒有看，想來有歌頌中共之語」一句中「中共」一詞則作「毛共」。二〇〇〇年上海三聯出版《雞窗集》簡體字本，我特地到中央圖書館去翻查，不用說，該文中數處「中共」或「毛共」等語，包括一些句子當然都刪去了，這世界就是這樣運作的。

第廿二期值得一提的是有劉成漢的影評〈唐書璇的問題〉和王敬羲的小說〈潮退時〉，以及黃思騁散文專欄。《大大月報》稿約稱「凡與消費問題有關的論述，優先刊登」，是以每期都有不少介紹消費品的文章，推介當時的新興產品如電子石英錶、彩色電視機等等，這當然與它本身由大大公司出版有關，鼓勵讀者到其公司消費也是其策略，然而由於雜誌本身的文化氣息和編者的文化品味，連帶一些消費品的介紹，亦略帶文化意義，如〈談古老的化妝品〉一文介紹古代至民初的化妝品，如皂莢、乾草、胰子、片鹼、豆團子、鴨蛋粉等等，結合史書和掌故娓娓道來；〈怎樣選購超八米厘攝影機〉則針對七〇年代青年拍攝實驗電影的需要，詳細介紹、比較不同牌子手提超八米厘攝影機的性能。其他內容還有一些明星訪問、漫畫和翻譯小說等等，你可以想像，如果把今天的《選擇月刊》、《明報週刊》和《字花》混合成一本雜誌，將會如何？就是很難想像。

除此以外，對於在七〇年代中期開始集體中電視和電臺毒的一代來說，《大大月報》也是一本懷舊廣告的寶庫，包括典型七〇年代攝影風格的彩頁廣告，以及與產品相關的廣告記憶：瑞士名錶英納格（電臺廣告口號是：瑞士名錶～英納格，又威又準～又夠格，戴錶請戴～英納格）、精工錶（電視廣告歌：精工石英，錶～，明日科技～，創先河）、樂都錶（林子祥唱的廣告歌：遲唔會遲，早唔會早，戴錶戴樂都，時間啱啱好，戴．錶．戴．樂都，樣樣有分～數）、伊瑪牌電子瓦鐣（七〇年代的新發明）、金利來領呔（電視廣告女聲：方格，代表熱心、慷慨；圓點，代表愛慕、關懷，（唱）Goldlion～）。

Swing的一曲〈大大公司〉拒絕從俗，也拒絕懷舊，本文意在評介《大大月報》，略述其出版背景、內容和相關的文化現象，最後卻淪為懷舊，對象且是十惡不赦的廣告，這是筆者本人的問題，與Swing無關。Swing的一曲〈大大公司〉結束時是這樣：

又到這，關門的時候
清場的時候，拉閘的時候
願各位，今日都玩夠[2]

一切的對抗或帶個人聲音的寫作、說話以至講課或自毀，莫不有如關門：在一陣捲動的聲音之後，只一響鏗然的拉閘轟地之聲。對抗總是徒然，市場永遠是勝方，連強制住的波動亦很快平靜——有什麼稀奇？這世界就是這樣運作的。

2 同前註。

十年生滅：香港的文藝刊物

談論香港的文藝刊物，必須提及二樓書店，而談論九七年至今十年來的文藝刊物，也許還要稍為追溯至九七前數年，已有一些具一定年資的老牌刊物，由固定的機構或社團定期出版，如《明報月刊》、《年青人週報》、《譯叢》、《號外》、《電影雙週刊》、《素葉文學》……

一九九七年的春天，在九龍最繁華而狹窄的旺角西洋菜街，有一家書店開張，名曰洪葉，同年稍後也在西洋菜街，再有榆林書店開業。翌年與洪葉相鄰不出十步的另一幢舊廈，再有另一家書店開張，名曰東岸，為原本已是「二樓書店」集中地的旺角心臟地帶，再添幾列覓書者的步伐。九七年開張的洪葉稍後在港島銅鑼灣以至中環開設分店，其他二樓書店如樂文也把業務擴充至港島，同時再有其他新的書店開業，榆林遷到西洋菜街城市商業中心八樓，文星書店也從亞皆老街遷到城市中心十一樓，連同西洋菜街原有的田園、樂文與學津，在回歸十年的前半期，即沙士爆發之前，可說是二樓書店的全盛期，直至二〇〇三年中之後，香港政府引進中國大陸遊客「自由行」政策，西洋菜街租金不斷上升，昔日的二樓書店或結業、或搬遷，已由二、三樓搬至更高的樓層去。

香港昔日的二樓書店除了書種精要、買書有折扣，也容納不見容於報攤的文化刊物，以至讓一些同人自資的小雜誌在店裡寄售或派贈，小藝團的表演活動或文藝社團的文化沙龍小海報也經常張貼，在九七回歸之前，已是文化訊息集散地和同人雜誌的流通處。

一九九七至二〇〇七年的十年間，一些二樓書店也在店內舉辦小型的文化沙龍、詩朗誦會等活動，如洪葉、東岸加上後來的紫羅蘭、Kubrick和阿麥書房，成了一眾文化人的聚腳點，他們在二樓書店交流、討論、約稿以至催生另一本新的刊物；在詩歌方面而言，東岸設有擺放詩集的專架，又經常舉辦詩會，九九年開始出版「東岸詩叢」，至二〇〇二年間出版了八本詩集，東岸結業後，部分詩歌活動再移至紫羅蘭和其他書店。

具資歷的香港文化人還會記得七、八〇年代的一山、傳達、前衛、南山等書店，在八、九〇年代，位於灣仔的青文也扮演重要角色，出售特別冷僻的書刊，自己也出版圖書，二〇〇一年創辦《青文評論》，出了四期。香港的文化刊物，除了少量在報攤和大書店發售，一向以來最主要還是在二樓書店流通。

談論香港的文藝刊物，必須提及二樓書店，而談論九七年至今十年來的文藝刊物，也許還要稍為追溯至九七前數年，已有一些具一定年資的老牌刊物，由固定的機構或社團定期出版，如《明報月刊》（一九六六年創辦）、《年青人週報》（一九七二年創辦）、《譯叢》（一九七三年創辦）、《號外》（一九七六年創辦）、《電影雙週刊》（一九七八年創辦）、《素葉文學》（一九八〇年創辦）、《香港文學》（一九八五年創辦）、《女流》（一九八七年創辦）、《二十一世紀》（一九九〇年創辦）、《音樂殖民地》（一九九四年創辦）、《Magpaper（新誌向）》（一九九六年創辦），當然還有其他，這裡只舉出至九七年仍有出版者。

此外還有由同人合資或由學院、社團出版的刊物，如《香港文化研究》、《左右》、《工作室》、《病房》、《女・風流》、《香港作家》、《作家》、《影評人季刊》等等。一九九四年香港藝術發展局成立，稍後推出文學雜誌資助計畫，九五年起開始陸續有不同的單位成功申請到資助，讓新的雜誌得以創辦，如《讀書人》（一九九五年創辦）、《呼吸詩刊》（一九九六年創辦）、《我們詩刊》（一九九六年創辦，初期自資），也有讓已停刊的雜誌得以復刊，如《詩雙月刊》（一九九七年復刊）、《純文學》（一九九八年復刊）、《當代文藝》（一九九九年復刊）。

香港有許多純文藝刊物，在藝展局成立前，已有不同組織或同人自資出版，這方面稍後再談，這裡想先介紹另一種也許影響更大的刊物形式，就是一些綜合性、評論性或商業性的刊物裡，同時讓文藝寄生，如七八〇年代的《大拇指週報》、《年青人週報》、《明報月刊》、《明報週刊》、《百姓》、《號外》、《博益月刊》、《星晚週刊》、《突破》，九〇年代初至中期的《越界》

和《過渡》等，它們都在「市場」上有一定的銷量或流通量。

以上具綜合性而讓文藝寄生的刊物，還可細分為青年文化刊物、大眾消閑刊物、綜合文化刊物、政論刊物、文化評論及資訊刊物，在九七至今十年而言，青年文化刊物有《Magpaper》、《CREAM》、《MILK》、《青年人雙週刊》，基本上承接九七前同類刊物的傳統，以四分之三篇幅刊登青年時裝、流行音樂評介、消費資訊、廣告，四分之一刊登文化評論和文學創作，其中以《Magpaper》比較突出，它本附屬於《新報》副刊，一九九六年創辦，九七年擴充內容，以雜誌形式獨立出版。主要編輯之一蔡志峰，本身是詩人，筆名智瘋，著有詩集《停屍間》，也是一份純詩刊物《呼吸詩刊》的創辦人之一，其他編輯、記者本身也各自在音樂、藝術電影、文藝方面具相當素養，因此《Magpaper》的編輯方向在達到市場要求以外，也以獨特眼光容納文藝內容，如報紙時期已分別設立文藝理論、性別研究、另類漫畫的專欄，九七年後擴充文學創作版面，刊登過董啟章、韓麗珠、謝曉虹等作者的小說和其他詩歌，可惜已於九九年停刊。

九〇年代初至中的文化評論及資訊刊物，《越界》是最重要一本，由編舞家、城市當代舞蹈團創辦人曹誠淵創辦，內容以藝評為主，包括視藝和表演藝術的採訪、評論和資訊，也刊登文學，初期為月刊，以雜誌形式發售，十九期後改以小開報紙形式印刷，轉為週刊，放置於書店及表演場地供免費取閱。《越界》九四年停刊，編輯之一張輝在九五年得藝展局資助，創辦了《過渡》，形式接近《越界》初期的雜誌模式，並加強了評論篇幅，更具學術性，也有一些文藝，如智瘋的詩、董啟章、韓麗珠的小說，可惜僅二期而止。九七年後的同類刊物，有九八年創辦的《打開》，編輯人員包括梁文道、朱瓊愛、張薇等，由藝展局資助，每週隨《南華早報》附送，也獨立放置於書店及表演場地供免費取閱，以中英雙語刊登藝評、文化評論和書評。《打開》只辦了一年，至九九年停刊。

《打開》結束後，梁文道與友人創辦牛棚書院，二〇〇一年起在土瓜灣牛棚藝術村辦學，同年創辦《E＋E》，鼓勵中長篇文化評論和書評，罕見地在稿約列明「來稿字數限在二千字以上，不設上限」，除了評論，也曾刊登文藝內容，如廖偉棠的詩和黃燦然翻譯的卡瓦菲斯詩選，二〇〇五年出至第十四期。

與《E＋E》同年誕生的還有由青文書屋創辦的《青文評論》，二〇〇一年出版創刊號，編委會成員包括葉輝、呂大樂和楊美儀，以文化及文學評論為主，第二期起增設詩頁，以中間橫幅拉頁配合攝影及畫作刊登詩歌，二○○四年出版至第四期。

純文學方面，最持久一份應是《香港文學》，從一九八五年至今未曾間斷。創辦人劉以鬯，本身是資深報人兼小說家，著有《酒徒》、《對倒》等小說。二○○○年九月起改版，編務由另一編者陶然接任，版面亦由直排改為橫排。同樣在二○○○年改版的還有《作家》，亦改直排為橫排，同時擴充篇幅。《作家》由香港作家協會出版，另一本《香港作家》由香港作家聯會出版，從九○年代出版至今。

具資歷的文藝刊物，當然還有《素葉文學》，一九八○年創辦，八四年停刊，九一年復刊，至二○○○年出版至第六十八期。其他在九七前出版的刊物，如《呼吸詩刊》和《我們詩刊》也分別持續至二○○○年和二○○一年。香港一直不乏文藝雜誌，由九七至今十年間，幾乎每年都有新的刊物誕生，九七年有《文學村》，九八年有《香港書評》、《純文學》（復刊），九九年有《青果》、《當代文藝》（復刊），二○○○年有《文學世紀》、《鑪峰文藝》、《築字室》、《執書》、《星期六詩刊》、《香港詩刊》，二○○一年有《詩潮》、《明報·世紀詩頁》和《百合》，二○○二年有《詩網絡》、《香江文壇》、《香港文藝報》、《浪花》，二〇〇三年有《秋螢詩刊》（復刊）、《圓桌詩刊》，二〇〇四年有《讀好書》，二〇〇六年有《城市文藝》、《字花》、《月臺》、《文學研究》等。

每一份刊物有它的獨特性、它的編輯者、讀者群、它的傾向、作風，但背後還有一雙無形之手來左右，它不是政治卻又可以說是，就是那緊隨香港都市性的本質，像鬼魅纏擾眾人的市場。香港的二樓書店現象其實也是基於市場的限制：一種高地價政策產物。由於賣書（特別是文史哲圖書）的利潤少，大多書店無法負擔高昂的鋪租，因而轉往租金較廉的舊樓二三樓。同樣是市場的道理，銷量和利潤偏低的文藝雜誌，也難以負擔大型發行商的發行費，因而很少發到報攤，多數交由毋須發行費而從折扣差價獲利的書店發行，但同樣由於利潤和銷量的問題，即使在二樓書店的範圍，那發行網依然很小，職是之故，一些刊物莫說銷路，連可供讀者「發現」的機會亦很少，可能從創刊至停刊，對常逛書店的讀者來說仍然陌生，或根本從未見過。

香港文藝雜誌的「生存空間」問題，在九七回歸之前已討論多次，但背後的市場、文化環境、文化政策、文學教育等問題始終存在，文藝雜誌的「蓬勃」現象，其實是由各年代裡那些願意承擔、有堅持同時帶幾分「傻氣」

的編者，前仆後繼地自發傳承。這世界以銷量和市場衡量一切，也左右一切刊物的存亡，可文藝雜誌編者根本無意囿於「市場」的思路，他想的是營造風氣、引介思潮、鼓勵佳作，以至用刊物集體構成的聲音，凝聚文化力量，嚮往鮮活、新穎和溝通。

銷量、市場、發行等問題困擾編者，然而香港文學雜誌長期在建制和商業夾縫間，用自己的方法掙扎求存，最大困難其實不在於經濟，而是經驗無法累積以及由此引發的歷史認知上（不是歷史本身）的空白和匱乏。一九九四年，香港藝術發展局成立，把文學納入資助行列，造就更多文學雜誌的出版，然而因著主事單位的人事更迭，資助政策並不一貫，而獲資助的雜誌一般只能維持一至兩年，當然最理想處境是刊物能達到收支平衡，毋須資助也能辦下去，但由於以上提及的銷路和發行等問題，不論是回歸前或回歸之後，在香港辦文藝雜誌不可能自給自足。真實情況是，一群編者不顧一切地辦了幾個月、一或兩年，當資金不繼，他們亦耗盡心力和個人熱誠以至耗盡健康之後即告結束，這時又會有另一群體獲得資助，準備辦另一份全新刊物，直至另一個循環又結束為止，香港文藝雜誌就這樣前仆後繼、旋起旋滅，前者辛苦建立的經驗、網絡和關係都無法累積，出版者每次都要從零開始。文藝刊物向來都是一種斷裂的記憶，談論現有的文學雜誌，說的是現在，卻不期然說起過去，因為談論香港的文學雜誌，幾乎等於談論記憶：總有急速的變幻、出乎意料的遙遠過去。

一直以來，文藝刊物與相關活動，絕大部分由民間自發組織，部分具社團性或同人刊物性質，「官方」或政府或學院的參與成份很少，不論在回歸前或回歸後，政府政策重心一向都是財經、地產，以金融服務和基建來吸引外資、以移植文化和建造「景點」來取悅遊客，對本土文化不甚了了。若有學生真正認識文藝，往往是從正規教育以外，透過報紙副刊、文藝刊物而接觸。香港文藝的面貌，無論在政府政策、行政舉措、社會活動、教育建制、大眾傳播、市民生活等等各方面，全皆不著半絲痕跡，而幾乎全部集中表現在民間自辦的文藝刊物當中，是以香港文藝的面貌其實一直都與文藝刊物的性質密切相關，文藝刊物面對的問題，往往即是香港文壇共同面對的問題，它的困境很少來自意識形態方面，而是與刊物相關的資金、市場、發行、認受性以至社會的忽視、無視或因應市場或生存問題的「從俗」要求。

從二、三〇年代開始，香港作家已在文藝雜誌上組建或想像一個本土的文壇，只由於戰前人口流動性大而難以凝聚文化環境。自五〇年代以還，由於作者群和承傳途徑已基本穩定，香港本土的文壇面貌，在多種刊物上已可見其形，唯各年代不同作家的努力，在教育建制中長期缺席，大部分青年學生從中學至大學都不知香港有文學，既存歷史說明香港早非「沙漠」，但這歷史一直沒有重視，「文化沙漠」之名仍像強迫性自我偏執症一般，從內部散播蔓延，以自虐和自戕的形式不斷重提。

談論城市文化總離不開雜誌，它是一個城市以一週、雙週或最慢一個月為單位變化的面相，文藝雜誌是編輯眼界和文學視野的反映，也是編、作、讀者三方的溝通，以至出版者、發行商、書店各方的糾纏，香港文藝雜誌更是文藝和文壇運轉的載體，在二〇〇七年的香港，就是今天，仔細訪尋的話，可以在幾家書店找到《城市文藝》、《字花》、《月臺》、《文學研究》、《香港文學》、《作家》、《香港作家》、《秋螢詩刊》、《圓桌詩刊》等文藝雜誌和《明報月刊》、《號外》、《讀書好》、《众獨》等綜合文化雜誌，一兩年之後，這組合又會再改變，香港的文藝刊物就這樣以一月、雙月或最慢一至兩年為單位，也暗地裡參與改變城市的面相。

主要引錄文獻一覽

小思，〈一段護書往事〉，收錄於小思，《夜讀閃念》，香港：牛津大學出版社，二〇〇二。

西西，〈虎地〉，《八方文藝叢刊》第五輯，一九八七年四月。

佚名，〈麒麟園建築義塚碑誌〉，香港：麒麟園，一九二六。

克亮，〈閑話丟書〉，《讀書人》第十五期，一九九六年五月。

吳道鎔，〈偕陳熹公伯陶張闇公學華伍璧公銓萃賴智公際熙游九龍砦訪宋季遺蹟〉，收錄於吳道鎔，《澹盦詩存》，香港：一九三七。

宋路霞，〈寶禮堂往事〉，收錄於周退密、宋路霞，《上海近代藏書紀事詩》，上海：華東師範大學出版社，一九九三。

李育中，〈維多利亞市北角〉，原刊一九三四年《南華日報·勁草》，收錄於陳智德編，《三、四〇年代香港詩選》，香港：嶺南大學人文學科研究中心，二〇〇三。

李智良，〈徙居者眾〉，收錄於李智良，《房間》，香港：Kubrick，二〇〇八。
辛其氏，《紅格子酒舖》，香港：素葉出版社，一九九四。
林蔭，《日落調景嶺》，香港：天地圖書有限公司，二〇〇七。
侶倫，〈故人之思〉，收錄於侶倫，《向水屋筆語》，香港：三聯書店，一九八五。
侶倫，〈故人之思續筆〉，收錄於侶倫，《向水屋筆語》，香港：三聯書店，一九八五。
侶倫，〈故居〉，收錄於侶倫，《無名草》，香港：虹運出版社，一九五〇。
侶倫，〈苦樂談書〉，收錄於侶倫，《向水屋筆語》，香港：三聯書店，一九八五。
柳亞子，〈赴達德學院送舊迎新聯歡大會有作〉，收錄於胡從經編，《歷史的跫音：歷代詩人詠香港》，香港：朝花出版社，一九九七。
海辛，《救生圈》，香港：昭明出版社有限公司，一九八一。
馬朗、鄭政恆，〈上海、香港、天涯——馬朗、鄭政恆對談〉，《香港文學》總第三二二期，二〇一一年十月。
馬朗，〈北角之夜〉，收錄於馬博良，《焚琴的浪子》，香港：素葉出版社，一九八二。
張一帆，《春到調景嶺》，香港：亞洲出版社，一九五四。
張愛玲，〈沉香屑：第一爐香〉，收錄於張愛玲，《傳奇》，上海：山河圖書公司，一九四六。

梁文道，〈容器〉，收錄於梁文道，《我執》，桂林市：廣西師範大學出版社，二〇〇九。

梁秉鈞（也斯），〈從緬懷的聲音裏逐漸響現了現代的聲音〉，收錄於馬博良，《焚琴的浪子》，香港：素葉出版社，一九八二。

梁秉鈞，〈北角汽車渡海碼頭〉，收錄於梁秉鈞，《雷聲與蟬鳴》，香港：大拇指半月刊，一九七八。

梁秉鈞，〈悼逝去的——和金文泰香港詩〉，《呼吸詩刊》第四期，一九九八年一月。

郭麗容，〈城市慢慢的遠去〉，收錄於郭麗容，《某些生活日誌》，香港：普普工作坊，一九九七。

陳伯陶，〈宋行宮遺瓦歌並序〉，收錄於陳伯陶，《瓜廬詩賸》卷下，香港：一九三一。

陳伯陶，〈宋皇臺懷古並序〉，收錄於陳伯陶，《瓜廬詩賸》卷下，香港：一九三一。

陳居霖，〈雨訪宋皇臺偕雪瑛三首錄二〉，收錄於陳居霖，《蘗園詩選》，香港：香港現代中醫藥學院，一九六七。

陳滅，〈木馬孩童〉，收錄於陳滅，《低保真》，香港：麥穗出版有限公司，二〇〇四。

陳滅，〈北角之夜〉，收錄於陳滅，《市場，去死吧》，香港：麥穗出版有限公司，二〇〇八。

陳滅，〈白影（酒醉篇）〉，收錄於陳滅，《低保真》，香港：麥穗出版有限公司，二〇〇四。

陳滅，〈冷門書刊堆疊史〉，《明報·周日的詩》，二〇〇九年三月一日。

陳滅，〈東岸書店〉，收錄於陳滅，《低保真》，香港：麥穗出版有限公司，二〇〇四。

陳滅，〈杯中旗幟〉，收錄於陳滅，《低保真》，香港：麥穗出版有限公司，二〇〇四。

陳滅，〈常日維園〉，收錄於陳滅，《低保真》，香港：麥穗出版有限公司，二〇〇四。

陳滅，〈船和家〉，收錄於陳滅，《單聲道》，香港：東岸書店，二〇〇二。

陳滅，〈復興書店〉，收錄於陳滅，《低保真》，香港：麥穗出版有限公司，二〇〇四。

陳滅，〈貽善堂書店〉，收錄於陳滅，《低保真》，香港：麥穗出版有限公司，二〇〇四。

陳滅，〈開口夢〉，《作家》總第二十五期，二〇〇四年四月。

陳滅，〈灣仔老街（之三）〉，收錄於陳滅，《市場，去死吧》，香港：麥穗出版有限公司，二〇〇八。

賀越明，〈「寶禮堂」後人〉，《東方早報·上海書評》，二〇一一年十一月二十七日。

黃谷柳，《蝦球傳》，香港：生活·讀書·新知三聯書店，一九五八。

黃雨，〈蕭頓球場的黃昏〉，香港《文匯報·文藝週刊》，一九四八年十月七日。

黃燕清編述，《香港掌故》，香港：豐年出版社，約一九五九—一九六一。
新潮社，〈發刊詞：人類靈魂的工程師，到我們的旗下來！〉，《文藝新潮》第一期，一九五六年二月。
葉輝，〈荔枝角〉，收錄於葉輝，《甕中樹》，香港：田園書屋，一九八九。
葉靈鳳，〈香港的老虎〉，收錄於葉林豐（葉靈鳳），《香港方物志》，香港：上海書局，一九七三。
董啟章，《繁勝錄》，臺北：聯經出版事業股份有限公司，二〇一二。
廖偉棠，〈多少年後，當我們說起一家書店〉，收錄於廖偉棠，《和幽靈一起的香港漫遊》，香港：Kubrick，二〇〇八。
趙滋蕃，《半下流社會》，香港：亞洲出版社，一九五三。
劉以鬯，《對倒》，北京：文聯出版公司，一九九三。
鄧阿藍，〈白色書店——一間結業的書店〉，《詩潮》第十期，二〇〇二年一一月。
盧瑋鑾，〈新墟呵，新墟〉，收錄於陳智德編，《三、四〇年代香港詩選》，香港：嶺南大學人文學科研究中心，二〇〇三。
穆旦，〈旗〉，收錄於穆旦，《旗》，上海：文化生活出版社，一九四八。
錢歌川，《雲容水態集》，香港：三聯書店，一九八六。

謝榮滾主編，《陳君葆日記全集》，香港：商務印書館，二〇〇四。
鍾玲玲，〈記一九七二年大水〉，收錄於鍾玲玲，《我不燦爛》，香港：明窗出版社，一九八八。
鍾玲玲，《玫瑰念珠》，香港：三人出版，一九九七。
蘇福祥，〈維多利亞城〉，收錄於黎晉偉主編，《香港百年史》，香港：南中編譯出版社，一九四八。
鷗外鷗，〈和平的礎石〉，原刊一九三九年《大地畫報》，收錄於陳智德編，《三、四〇年代香港詩選》，香港：嶺南大學人文學科研究中心，二〇〇三。

當代名家・陳智德作品集1

地文誌：追憶香港地方與文學

2023年8月二版　　定價：新臺幣320元

著者　陳智德
叢書主編　胡金倫
封面設計　許晉維

出版者　聯經出版事業股份有限公司
地址　新北市汐止區大同路一段369號1樓
叢書主編電話　(02)86925588轉5305
台北聯經書房　台北市新生南路三段94號
電話　(02)23620308
郵政劃撥帳戶第0100559-3號
郵撥電話　(02)23620308
印刷者　世和印製企業有限公司
總經銷　聯合發行股份有限公司
發行所　新北市新店區寶橋路235巷6弄6號2F
電話　(02)29178022

副總編輯　陳逸華
總編輯　涂豐恩
總經理　陳芝宇
社長　羅國俊
發行人　林載爵

行政院新聞局出版事業登記證局版臺業字第0130號

本書如有缺頁，破損，倒裝請寄回台北聯經書房更換。　ISBN 978-957-08-7042-8 (平裝)
聯經網址 http://www.linkingbooks.com.tw
電子信箱 e-mail:linking@udngroup.com

國家圖書館出版品預行編目資料

地文誌：追憶香港地方與文學/陳智德著．二版．
新北市．聯經．2023.08．
288面．14.8×21公分（當代名家·陳智德作品集1）
ISBN 978-957-08-7042-8（平裝）
[2023年8月二版]

850.386 112011885